AF202363

Siegfried Laggies

Auf Sylt entführt

Wer kannte sein Hobby?

Copyright: 2017 Siegfried Laggies

Autor: Siegfried Laggies
Umschlaggestaltung: Siegfried Laggies
Lektorat, Korrektorat: Siegfried Laggies
                      Gerda Steinau
Eigenes Bild

Verlag: tredition GmbH, Hamburg
Paperback: ISBN: 978-3-7439-1163-5
Hardcover: ISBN: 978-3-7439-1164-2
e-Book: ISBN: 978-3-7439-1165-9
Printed in Germany

Eine Kriminalgeschichte aus der Serie

„Der Fuchs"

Von einer Entführung und ihrer Aufklärung durch eine Sonderkommission des LKA, erzählt diese Kriminalgeschichte. Hauptkommissar Köstel, von seinen Kollegen auch hochachtungsvoll „Der Fuchs" genannt, ist der Leiter dieser Sonderkommission. Die einzige Spur deutet zunächst auf ein Pärchen mit osteuropäischen Akzent. Ein von den Entführern gut durchdachter Plan stellt Köstel vor nahezu unlösbaren Aufgaben. Dank seiner großen Erfahrung und seiner Menschenkenntnis löst er aber auch diesen Fall.

Siegfried Laggies

Auf Sylt entführt

Wer kannte sein Hobby?

Kapitel -1-

Am Rande der Stadt, in einem kleinen Park, traumhaft gelegen, steht eine wunderschöne weiße Villa. Deutlich hebt sie sich vom Grün der Bäume ab. Das Grundstück, einige Tausend Quadratmeter groß, ist mit einem zwei Meter hohen Zaun, der wiederum in gleicher Höhe mit einer Hecke bewachsen ist, eingefriedet. Die Zufahrtstraße endet auch vor diesem Grundstück. Der Eingang zu diesem Anwesen ist durch ein schmiedeeisernes Tor gesichert. Umgeben von einem Wald mit Buchen und Birken flößt es schon Respekt ein. Spaziergänger, die hier vorbeikommen und durch das Tor einen Blick ins Innere wagen, müssen jedoch feststellen, hier wohnen lebensbejahende Menschen. Der Garten ist eine Augenweide. Im Eingangsbereich, auf jeder Seite ein wunderschöner Rhododendronstrauch als ein Willkommensgruß. Die Zufahrt zum Haus und zu den zwei Garagen ist mit roten Steinen gepflastert. Zur Rechten, wie zur linken Seite des Weges ein gepflegter Rasen, der hier und dort durch Blumenbeete oder Rosensträucher unterbrochen wird. Zu beiden Seiten des Tores stehen zwei wunderschöne Fliederbäume in Weiß und in Lila blühend. Der Fliederduft eilt dem Anwesen einige Meter voraus. Es ist früher Morgen, leise ist das Rauschen der Bäume aus dem umliegenden Wäldchen zu vernehmen. Ein wunderschöner Sommertag bahnt sich seinen Weg. Auch im Inneren des Hauses beginnt das Leben. Frau Petra Weishaus, die Ehefrau, Mutter und gleichzeitig der ruhende Pol der Familie, hat sich den Wecker zu sechs Uhr dreißig gestellt. Sie ist immer die Erste in der Küche, richtet das Frühstück und wartet dann auf den Rest der Familie. Zum Glück hat der Vater und Ehemann Helmut Weishaus, bei der Planung des Hauses über den Tellerrand hinausgeschaut. Als das Haus gebaut wurde, waren die Kinder noch klein. Dennoch bekam jedes Kinderzimmer ein eigenes Bad mit Dusche und WC. Streitigkeiten, wer zuerst das Bad benutzen darf, gab es daher in der Familie Weishaus nie.

Kapitel -2-

Die Uhr zeigte kurz vor 8:00 Uhr, es öffnete sich die Haustür, mit einem Gelächter kamen die beiden Kinder Silke und Marcus aus dem Hause. Nebenan öffnete sich das Garagentor und der Vater fuhr mit dem Wagen aus der Garage:

„So ihr beiden, einsteigen und die Türen schließen, der heutige Tag beginnt." Mutter Petra schaute aus dem Fenster und beobachtete die beiden Kinder:

„Silke, Marcus, wenn ihr heute Schulschluss habt, dann beeilt euch und kommt sofort nach Hause. Vater fährt heute Morgen nur kurz in die Firma und wird spätestens gegen 12:00 Uhr wieder daheim sein. Ich möchte gerne so gegen 15:00 Uhr zur Oma und zum Opa fahren. Ich hoffe doch, dass ihr mit kommt und ihnen vor dem Urlaub noch tschüss sagt."

„Wird gemacht ", rief Silke und stieg in den Wagen.

Anschließend verließen sie das Grundstück. Marcus, inzwischen 19 Jahre alt, stand kurz vor seinem Abitur. Das heißt, die letzten Prüfungen sind im kommenden Frühjahr. Silke, sie hatte im Juni ihren 18. Geburtstag und muss noch mindestens zwei Jahre die Schulbank drücken. Ja man merkte es der ganzen Familie an, es herrschte Aufbruchstimmung, der Urlaub stand vor der Tür. Marcus trat als Erster seine Urlaubsreise an, und zwar gleich am nächsten Morgen. Er wollte das Gute mit dem nützlichen verbinden und hatte, zusammen mit seinem Freund, vier Wochen London gebucht. Vor allem wollte er aber bei dieser Gelegenheit seine Englischkenntnisse verbessern und sich auf diese Art und Weise eine bessere Ausgangsbasis für die bevorstehenden Prüfungen verschaffen. Das Nesthäkchen Silke liebte Pferde über alles. Vater und Mutter konnte sie überreden, ihren Urlaub auf einem Reiterhof verbringen zu dürfen. Ihre Reise ging nach Verden an der Aller. Vater und Mutter fuhren wie jedes Jahr, nach Westerland auf Sylt. Sie planten ihre Reise so, dass sie Silke mitnehmen konnten, um sie dann in Verden an der Aller abzusetzen. Bei dieser Gelegenheit konnten sie den Reiterhof besichtigen und sich gleichzeitig Silkes Unterkunft ansehen.

Kapitel -3-

Verden an der Aller, ein wunderschönes kleines Städtchen und sein umliegendes Land, ein Paradies für Pferdeliebhaber. Etwas abseits der Landstraße, von hohen Sturmweiden umgeben, im Grün der Wiesen gelegen, ein gepflegter Bauernhof. Bewirtschaftet wird dieser Hof von der Familie Laber. Elke Laber, die Bäuerin, ist bereits seit drei Jahren Witwe. Ihr Sohn Klaus, nun Erbe des Anwesens, ist allerdings nur in den Semesterferien zu Hause, er studiert in Hamburg BWL also Betriebswirtschaftslehre. Seit jener Zeit, in der Ole Laber so schwer erkrankt war und keine Arbeiten mehr verrichten konnte, bekam Elke Laber vom Bruder ihres Mannes, Jens Laber, bei der Arbeit die erforderliche Hilfe und Unterstützung. Zunächst wurde diese Mithilfe als vorübergehend angesehen. Doch dann schlug das Schicksal erbarmungslos zu und Ole Laber verstarb. Jens, drei Jahre jünger als sein Bruder, und Biologielehrer an der dortigen Schule, hatte also den richtigen Beruf, um hier helfen zu können. Einmal gaben ihm die vielen Ferien den erforderlichen Spielraum und zum anderen konnte er sich nach dem doch ständig stärker werdenden Stress in der Schule, auf dem Lande und mit den Tieren erholen und sich regenerieren. Hinzu kam, er war ledig und musste somit auf niemanden Rücksicht nehmen. Dass seine Schwägerin eine sehr attraktive Frau war, ließ alles noch in einem besonderen Licht erscheinen. Elke Laber hatte dunkelblonde Haare, war einen Meter siebzig groß und sehr schlank. Man sah es ihr an, dass sie sich auf dem Rücken der Pferde wohlfühlte.

Kapitel -4-

Wirtschaftliche Überlegungen stellten den Grund dar, dass Elke Laber mit ihrem Sohn beschloss, um bauliche Maßnahmen durchzuführen, einen kleinen Kredit aufzunehmen. Es wurden die Stallungen umgebaut, um dann noch zusätzlich Pferde in Kost und Unterkunft aufzunehmen. Elke Laber annoncierte in den Zeitungen und bediente sich des Internets. Es dauerte nicht lange und der Erfolg stellte sich ein. Waren es zu Beginn zwei Pferde, so konnte sie nach eineinhalb Jahren bereits vermeldeten, sie sei ausgebucht. Auf dem Hof herrschte nun ständig ein reges Treiben. Immer wieder kamen nun die Besitzer der Pferde und fragten nach, ob sie nicht Personal zur Pflege der Pferde besorgen könnte. Gerne wären sie damit einverstanden, wenn das pflegende Personal, mit den Pferden ausreiten würde. Dieses Anliegen brachte nun die Familie Laber auf die Idee, ihr Anwesen in einen Reiterhof umzufunktionieren. Die Familie setzte sich zusammen und beriet, was nun zu tun sei. Zuerst wurde das Gespräch mit der Bank gesucht. Frau Elke und der Erbe, Sohn Klaus Laber schilderte ihr Vorhaben, an das seitlich zum Wohnhaus leer stehenden Gebäude anzubauen, um dann anschließend den gesamten Block auszubauen. Es sollten Ferienwohnungen und kleine Appartements entstehen. Von der Bank wollte man lediglich wissen, ob diese grundsätzlich bereit sei, ein solches Projekt zu finanzieren. Dass diesem Hof der Erfolg beschieden war, blieb der umliegenden Gegend nicht verborgen. Auch in der Bank hat man diese Erfolge registriert:

„Grundsätzlich stimme ich einem solchen Vorhaben zu", sagte der Filialleiter der Bank.

Elke Laber und ihr Sohn Klaus bedankten sich, dann traten sie ihre Heimreise an. Sie setzten sich in ihr Auto und fuhren in einem gemütlichen Tempo nach Hause:

„So langsam bist du ja noch nie mit mir gefahren", sagte Elke.

"Nun ja, ich möchte auch etwas Wichtiges mit dir besprechen ", erwiderte Klaus und fuhr fort:

"Mutter sag mir bitte ganz ehrlich, wie stehst du zu Jens? Was ich so in meinen Ferien beobachten kann, habt Ihr beiden doch ein gutes Verhältnis zueinander. Vater ist doch nun schon über drei Jahre tot und auf mich braucht Ihr auch keine Rücksicht zu nehmen. Sollte dir Jens jemals einen Heiratsantrag machen, dann greif zu. Natürlich nur, wenn du ihn magst. Glaube mir, ich habe sehr wohl gesehen, was er für uns getan hat und wohl in erster Linie für dich."

Kapitel -5-

Einige Minuten schwieg die Mutter, dann sagte sie:

"Ja ich mag ihn, er liest mir nahezu alle meine Wünsche von den Augen ab. Trotzdem ist er sehr zurückhaltend, ja so manches Mal wünsche ich mir, er ginge aus sich heraus."

„Wenn es dir recht ist, Mutter, werde ich mich mit ihm einmal unterhalten und ihm klarmachen, dass er auf mich keine Rücksicht nehmen muss. Abgesehen davon kann ich ihn auch gut leiden. Außerdem, das Projekt Reiterhof können wir nur gemeinsam durchziehen. Und wie ich finde, sollte er nicht das fünfte Rad am Wagen sein."
Sie näherten sich Ihrem zu Hause.

„Nun gut", sagte die Mutter, „ dann sprich du mit ihm einmal, aber bitte sei vorsichtig, ich möchte nicht, dass er etwas falsch verstehen könnte. Ich bin der Meinung, es sollte schon von ihm kommen."

„Okay", sagte Klaus und beide stiegen aus.
Über Arbeitsmangel konnte sich auf diesem Hof niemand beklagen, denn schließlich war man ja in der Erntezeit. Am späteren Abend, nach dem Abendbrot, Klaus wollte noch einen kleinen Spaziergang machen. Es war ja auch ein wunderschöner Sommerabend. Schon nach einigen Schritten, die Klaus gegangen war, sah er, dass

Jens an der Pferdekoppel stand und die Pferde beobachtete. Klaus ging zu ihm hin:

„Na, willst du auch den schönen Abend genießen?"

„Ja, nach getaner Arbeit ist so etwas immer erholsam."

„Du Jens, ich habe mal eine Frage an dich, magst du meine Mutter? Wenn ich euch so beobachte, muss ich immer wieder feststellen, dass ihr beide wunderbar miteinander auskommt und auch harmoniert. Ich jedenfalls würde mich freuen, wenn ihr heiraten würdet. Meinen Segen habt Ihr. Jens, dein Verhalten bis hier hin in Ehren, ich sage dir, nimm sie dir, bevor sie ein anderer nimmt. Schau einmal, sie ist doch auch erst 45 Jahre, und wenn ich mich nicht irre, hattest du vorigen Monat deinen siebenundvierzigsten Geburtstag. Was also spricht dagegen?"

Einige Minuten herrschte eine absolute Stille. Jens schaut hoch, man merkte es ihm an, irgendwie war er erleichtert:

„Meinst du ich bekomme keinen Korb, glaubst du wirklich, sie mag mich auch? Ich würde sofort Ja sagen, denn ich mag sie sehr. Klaus ich danke dir von ganzem Herzen, dennoch glaube mir, ich wollte nicht, dass ein falscher Eindruck entsteht."

Anschließend gingen beide noch ein Stück des Weges, es war ja so ein wunderschöner Abend.

Auch Elke, die noch Ihre all abendliche Arbeit zu verrichtet hatte, war mit allem fertig und verspürte, auch noch die frische Luft zu genießen. Wie nicht anders zu erwarten, ging auch Sie in Richtung der Pferdekoppel. Sie war schon ein Stück des Weges gegangen, da kamen ihr die beiden Männer entgegen:

"Na, willst du auch noch die frische Luft genießen?"

Elke hörte diese Worte und merkte gleich, es war ein anderer Unterton. Ja, diese Worte klangen anders, sie hatten so eine herzliche Wärme:

„Kommt her ihr beiden, lasst mich in die Mitte."

Elke hakte sich ein und langsam gingen sie wieder zurück. Klaus, der in diesem Jahr noch 22 Jahre alt wird, merkte sofort, bei den beiden habe ich die Bremsen gelöst. Ich glaube, jetzt läuft der Wagen von ganz allein. Auf dem Hof angekommen sagte er:

"Ich gehe gleich auf mein Zimmer, ich möchte noch einmal ins Internet gehen, gute Nacht."

Elke und Jens sagten ebenfalls Gute Nacht und gingen anschließend ins Haus um sich dann ins Wohnzimmer zu setzen:

„Möchtest du noch etwas trinken?", fragte Elke.

"Ja", antwortete Jens, „ein Gläschen Wein würde ich gerne mit dir trinken."

Elke stellte eine Flasche Wein auf den Tisch, um anschließend die Gläser zu holen. Jens nahm sein Taschenmesser und öffnete die Flasche Wein. Dann nahm er sie und schenkte jedem ein Glas ein. Er hatte die Flasche noch nicht abgestellt, da hatte Elke bereits ihr Glas in der Hand, schaute Jens an und sagte:

„Möge unser Vorhaben gelingen. Mein lieber Jens, ich danke dir für alles was du für mich getan hast."

Sie wollte ihm schon einen Kuss geben,

"Moment", sagte er, „ für Dich und das weißt Du doch, tue ich alles! Meine liebe Elke willst du meine Frau werden? Ich kann nicht mehr anders, ich muss es dich fragen."

Ganz langsam stellte Elke ihr Glas Wein auf den Tisch, Jens hatte noch sein Glas in der Hand, dieses nahm sie auch und stellte es hin. Anschließend legte sie ihre Arme um seinen Hals und sagte mit einer verliebten Stimme: „Ja ich will, auf diesen Augenblick habe ich schon lange gewartet. Noch einmal, ja ich will."

Sie küssten sich heiß und innig. Anschließend nahmen sie wieder ihre Gläser in die Hand und prosteten sich zu. Als müsse er sich schämen, sagte er ganz leise.

„Ich liebe dich doch so sehr."

Mit Freudentränen in den Augen erwiderte Elke:

18

„Ich liebe dich doch auch und auf diesen Augenblick warte ich doch schon so lange."
Sie umarmte ihn, drückte ihn und wollte schier nicht mehr loslassen. Der Abend und die Nacht gehörten den beiden ganz allein.

Kapitel -6-

Am anderen Morgen, Klaus kam die Treppe hinunter und staunte nicht schlecht. Aus dem Radio hörte man die schönsten Melodien. Es war zwar nicht der Rhythmus, den er liebte, seine Mutter jedoch, summte jede Melodie mit:
"Hallo, guten Morgen, hier ist ja heute eine tolle Stimmung, was ist denn geschehen", fragte Klaus.

„Ich bin mit dem Frühstück gleich so weit, es lohnt sich nicht mehr, vorher rauszugehen. Komm, du kannst dich schon einmal an den Tisch setzen, Jens wird auch jeden Moment wieder rein kommen."

Klaus merkte, irgendetwas ist hier geschehen. Warten wir mal ab dachte er sich, man wird es mir bestimmt gleich sagen. Er sollte recht behalten. Zunächst herrschte beim Frühstück eine eigenartige Stille, niemand wollte etwas sagen. Doch dann ergriff Elke das Wort, sah Klaus an und sagte:

"Klaus ich beziehungsweise wir möchten dir etwas sagen. Es wird dich mit Sicherheit nicht überraschen, Jens und ich wir haben nun zueinandergefunden und werden heiraten. Wir gehen weiter davon aus, dass du damit einverstanden bist und dass es auch in deinem Sinne ist. Solltest du Einwände haben, dann sei bitte so nett und sage es uns hier und jetzt."

„Nun", sagte Klaus, „ich kann euch nur sagen, das hättet Ihr schon längst haben können. Meinen Segen habt Ihr, ich wünsche euch viel Glück."

Gut eine Viertelstunde frühstückte man heute länger als sonst. Dann wurde kurz besprochen, wie der neue Arbeitstag verlaufen soll und jeder ging danach an seine Arbeit. Elke war gerade damit beschäftigt die Zimmer wieder herzurichten, als ein großer Möbelwagen auf den Hof fuhr:

„Ach du lieber Gott, an die habe ich ja gar nicht mehr gedacht."

Es kamen für die zwei, in ihrem Hause neu hergerichteten Gästezimmer, die Möbel. Jens, der darauf wartete, dass Klaus mit der ersten Ladung Heu vom Felde kam, die er dann im Heuschober auszubreiten und zu verteilen hatte, ging Elke zur Hand und half ihr beim Einräumen der Möbel. Bevor Klaus mit dem Laden begann, hat er es vorgezogen, das gesamte Heu noch einmal zu wenden. Wind und Sonne sollten dem Heu den richtigen Duft geben und es vom Morgentau betrocknen. Der Möbelwagen hatte den Hof inzwischen wieder verlassen und Klaus kam mit der ersten Ladung Heu vom Felde. Er wollte gerade in den Heuschober fahren als Elke rief:

„Klaus, bevor du mit dem Abladen beginnst, komm bitte einmal herein."

Er kam und schaute sich die nun neu eingerichteten Gästezimmer an:

„Dann kann jetzt unser Fräulein Weishaus kommen, sie ist ja unser erster Gast.

Kapitel -7-

„Wir kommen bestimmt in die Zeitung", sagte Petra Weishaus am Mittagstisch und lachte. Hier war heute ein junger Mann, der hier um uns herum alles fotografiert hat, ich bin bestimmt auch auf seinen Bildern."

„Ja", erwiderte der Vater", „ morgen steht bestimmt in der Zeitung, Grundstück sehr preisgünstig zu verkaufen. Dann steht das Telefon nicht mehr still und man rennt uns die Bude ein." „Mir ist dabei gar nicht zum Scherzen", sagte Marcus, „wenn man hört, was alles so passiert, dann kann man nicht vorsichtig genug sein. Ich würde vorschlagen, wir fragen Oma und Opa, ob die nicht während unserer Ferien hier wohnen wollen. Ich weiß, die Oma ist am liebsten in ihre eigenen vier Wände. Was haltet ihr davon, wenn wir sie fragen?"

„Silke, stellst du das Geschirr bitte in die Spülmaschine", rief die Mutter aus dem Wohnzimmer, uns drängt die Zeit, ich möchte gerne wieder gegen 18:00 Uhr zu Hause sein, immerhin haben wir noch einiges zu packen. Vater möchte gerne morgen in der Früh, so gegen 6:00 Uhr fahren. Marcus, wie ist es bei dir? Ist es dabei geblieben, dass du heute noch von deinem Freund abgeholt wirst? Wenn ja, wann kommt dein Freund dich holen?"

„Ja Mutter, es ist dabei geblieben. Er kommt mich so gegen 8:00 Uhr heute Abend abholen."

„Ich würde sagen, wir fahren jetzt zuerst zur Oma und zum Opa. Sie werden bestimmt schon auf uns warten."

Der Vater nahm seinen Schlüssel und ging zur Garage um den Wagen zu holen. Anschließend machten sie sich auf den Weg. Wie von der Mutter vermutet, wartete die Oma schon auf ihren Besuch. Oma hatte einen Kuchen gebacken und der Tisch war gedeckt:

"Nun kommt mal herein und setzt euch an den Tisch." Mit diesen Worten empfing sie ihre Gäste. Opa, der ohnehin lieber eine Schnitte Brot aß, nahm sich gleich seinen Sohn zur Seite und fragte:

„Hast du im Betrieb für die Zeit deiner Abwesenheit auch alles geregelt?",

„Ja Vater, habe ich, mach dir mal keine Sorgen. Ich hätte ein ganz anderes Problem, könntet ihr während unserer Abwesenheit bei uns wohnen, dann könnte ich doch wesentlich beruhigter in Urlaub fahren."

„Natürlich, für die drei Wochen können wir das einrichten:

„Oder Oma, hättest du etwas dagegen?"

Nun konnte die Oma nur noch zustimmen:

„Einen Satz Schlüssel habt ihr ja."

Marcus wurde am Abend wie vereinbart abgeholt. Sie verabschiedeten sich und wünschten
sich gegenseitig schöne Urlaubstage.

Kapitel -8-

Am anderen Morgen, die Koffer waren gepackt und ins Auto gebracht, dann wurde in aller Ruhe gefrühstückt. Anschließend wurde das Geschirr in die Spülmaschine gestellt, den Rest machte die Oma. Es war kurz nach sechs, die Reise konnte beginnen. Über die A1 ging es zunächst in Richtung Bremen und dann über die A27 in Richtung Verden an der Aller. Nach guten drei-einhalb Stunden hatte man das erste Ziel erreicht. Elke sah, wie der Wagen auf den Hof gefahren kam, Sie ging hinaus und begrüßte ihre Gäste mit den Worten:

„Seien Sie herzlich willkommen."

Nachdem man sich bekannt gemacht hatte, bat Elke ihre Gäste doch einzutreten:

"Frau Laber, sind Sie mir bitte nicht böse, wenn wir uns hier nicht lange aufhalten, unsere Reise endete erst in Westerland auf Sylt. Wir wollten nur sehen, wie unsere Tochter untergebracht ist und bezüglich der Reise, haben wir das Gute mit dem Nützlichen verbunden. Jetzt möchten wir wieder auf dem kürzesten Wege zur A1 und dann in Richtung Hamburg und von dort auf die A24 nach Heide. Gegen 17:00 Uhr möchten wir gerne auf der Insel sein."

Die Eltern schauten sich noch Silkes Zimmer an und waren mit dem, was sie sahen, sehr zufrieden. Silke hingegen hatte nur noch einen Gedanken:

„Wo sind die Pferde?"

Kurz darauf setzten die Eltern ihre Reise in Richtung Sylt fort. Sie hatten gut kalkuliert, gegen 16:00 Uhr fuhren sie mit ihrem Wagen auf den Reisezug. Nun waren es nur noch 30 Minuten und sie hatten ihr Ziel, Westerland auf Sylt, erreicht. Helmut Weishaus hatte über seine Sekretärin ein Apartment nebst Tiefgarage im Hochhaus am Strand gebucht. Dort angekommen öffneten sie zuerst die Balkontür, um erst einmal einen Blick auf das Meer zu werfen und dabei die Meeresluft einzuatmen.

Kapitel -9-

Auf dem Laberschen Hof herrschte nun ein reges Treiben. Viele Besitzer kamen, um mit ihren Pferden auszureiten oder sie zu pflegen. Insgesamt stehen in den Boxen zwölf Pferde, vier eigene und acht fremde Pferde. Silke, die in der Zwischenzeit in ihr Zimmer eingezogen war, packte nun ihren Koffer aus und begab sich dann wieder nach unten. Dort angekommen lief ihr Elke über den Weg:

„Hallo", sagte sie.

Elke blieb stehen und lächelte. Dann sagte Elke zu ihr:

„Hör mal, wir sind hier auf dem Hof alle per du, also, ich bin die Elke."

„Und ich bin die Silke", antwortete sie.

Es war die Mittagszeit, zuerst kam Jens:

„Hallo", grüßte er." Silke ging ihm entgegen und sagte auch:

„Hallo, ich bin die Silke."

„Ja und ich der Jens. Sei herzlich willkommen." Um die Mittagszeit tummeln sich hier immer viele Menschen. Einige der Pferdeliebhaber nehmen auch hier ihre Mahlzeit ein, natürlich gegen Bezahlung. Ein richtiges Bauernmahl schmeckt jedem. Gegenüber der Küche lag die ehemalige Milchküche, dieses ist ein großer Raum. Dieser wurde umgebaut zu einem Speisezimmer. In der

Mitte stand ein großer ovaler Tisch. An ihm konnten bis zu zwölf Personen Platz nehmen. Heute gab es eine herzhafte Gemüsesuppe mit reichlichen Einlagen. In der Küche hat Elke eine Hilfe, wie auch in der Erntezeit, auf dem Hof. Es war zwölf Uhr dreißig, Elke bat zu Tisch. Nur Klaus fehlte, er hatte einige Besorgungen in Bremen zu verrichten:

„Schmeckt es dir", fragte Elke und Silke antwortete:

„O ja, das hätte auch meine Omi gekocht haben können. Nach dem Essen, wenn du möchtest, werde ich dir unseren Hof und die dort stehenden Pferde zeigen", sagte ihr Jens:

„Ja, darauf freue ich mich schon", war Silkes Antwort.

Kapitel -10-

Wie versprochen, Jens zeigte ihr den Hof, erklärte ihr, dass am leer stehenden Gebäude angebaut wird und ganz zum Schluss ging er mit ihr zu den Pferden. Silke hatte sich mit Würfelzucker eingedeckt. Sie gingen von Box zu Box. Jedes Pferd bekam ein Stück Zucker. Beim Vorletzten blieb sie stehen. Es war eigenartig, dieses Pferd steckte den Kopf heraus und fing regelrecht an, mit ihr zu schmusen. Natürlich bekam es noch ein Stück Zucker: „Das ist unser Meteor, ein Wallach, vier Jahre ist er alt. Ihn kann eigentlich nur unser Klaus reiten.

"Jens darf ich ihn reiten? Ich reite nicht zum ersten Mal."

„Silke", sagte Jens, „ich hätte nichts dagegen, aber warte bitte bis Klaus zurück ist, dann sehen wir weiter, Meteor hat sehr viel Temperament, er hat schon so manchen Reiter abgeworfen."
So recht glauben, konnte sie es nicht. War Meteor zu ihr doch so ganz anders. Sei es drum, sie hat es akzeptiert. Mit den Worten:

„Entschuldige bitte, aber ich muss wieder an meine Arbeit", bat Jens nun wieder gehen zu dürfen.
Silke schaute sich um und machte einen Spaziergang durch Wiesen und Felder. Es war schon später Nachmittag, als sie wieder den Hof betrat.

30

Eine junge Frau, ca. ein Meter achtundsechzig groß, blond, mit einer schlanken sportlichen Figur, war gerade dabei, die Stute Myka zu satteln:

„Hallo, ich bin die Silke", begrüßte sie diese junge Reiterin, die wiederum nur mit einem knappen:

„Hallo", antwortete.

Silke ging zu ihr, reichte ihr die Hand und sagte noch einmal:

„Hallo", ich bin die Silke. Die junge Reiterin schaute hoch, nahm ihre Hand entgegen und sagte kurz und knapp:

"Ich bin die Conny, um aber keine Missverständnisse aufkommen zu lassen sage ich dir gleich, der Klaus gehört mir, wir sind so viel wie verlobt."

Zunächst staunte Silke erst einmal, sie wusste nicht, wie ihr geschah. Sie brauchte einen Augenblick der Besinnung, dann erwiderte sie aber:

"Ich kenne keinen Klaus und gesehen habe ich ihn schon gar nicht. Damit wir uns aber auch nicht falsch verstehen, zu Hause kann ich an jedem Finger einen haben, ich brauche also erst gar nicht hierher zu kommen. Ich glaube, jetzt haben wir uns verstanden."

Dann ging Silke wieder zu den Pferden, nur dieses Mal ging sie gleich durch zu Meteor. Dieser bemerkte sie und schon war der Kopf wieder draußen. Sie gab ihm wieder ein Stück Zucker und streichelte ihn. Dann sagte sie:

„Du magst mich wohl, alter Junge."

Sie legte ihren Kopf an den des Pferdes und merkte gar nicht, dass Klaus die Stallungen betrat:

"Hallo, ich bin der Klaus, sei aufs Herzlichste willkommen auf unserem Hof."

Silke drehte sich um, sie hatte sich regelrecht erschrocken:

"Gefällt es dir bei uns", fragte Klaus.

"Ja", sagte Sie „ich habe mich hier schon ein wenig umgesehen, aber er hier, hat es mir angetan. So wie ich in seiner Nähe bin, kommt er gleich mit dem Kopf heraus und will mit mir schmusen. Ich glaube, er mag mich."

„Das ist aber eigenartig", sagte Klaus, „er ist eigentlich nur auf mich fixiert, wieso und warum, kann ich beim besten Willen nicht beantworten."

„Darf ich ihn denn reiten", fragte Silke und Klaus konnte ihr so recht keine Antwort geben.

„Bitte sei mir nicht böse, aber diese Verantwortung möchte ich nicht übernehmen."

Voller Enttäuschung ließ Silke den Kopf hängen und verließ die Stallungen.

„Auf der einen Seite sollen sich meine Gäste wohlfühlen und auf der anderen Seite, muss ich sie aber auch schützen".

„Ja", dachte er, „es ist so schwer, den falschen Weg zu meiden."

Klaus nahm ihn und führte ihn hinaus. Draußen machte er Meteor fest, dann ging er zu Silke und sagte:

„Gedulde dich einen kleinen Augenblick, ich will nur noch eben zur Toilette gehen."

Kaum hatte Klaus die Haustür hinter sich zugemacht, schnappte sich Silke Meteor und ruck zuck, war sie aufgesessen. Als hätte Meteor darauf gewartet, er stand wie ein Lamm. Dann nahm Silke die Zügel und ritt ein paar Runden. Jens und Klaus kamen gleichzeitig aus dem Hause, wie versteinert blieben beide stehen und dachten sie bekämen einen Herzinfarkt, als sie sahen, wie Silke auf dem Pferd saß. Sie sah die beiden und ritt zu ihnen hin. Meteor schnaufte ein wenig und versuchte mit Klaus zu schmusen. Man hätte meinen können, Meteor wollte ihm sagen: „Lass sie, sie darf es."

Kapitel -11-

Als sei ein Tonnen schwerer Stein von ihm gefallen, schaute Klaus Silke an. Sie lächelte und sagte:

"Ich wusste doch, er mag mich."

Mit zärtlicher Hand streichelte Klaus nun Meteor, dieser schnaufte ein wenig und scharrte mit den Hufen, es sollte wohl bedeuten, komm los, auf geht's:

„Einen Moment noch", sagte Klaus, „ich hohle mir nur die Lisa,

Er sattelte Lisa und führte sie hinaus. Mit einem Satz war er aufgesessen und rief:

„Es kann losgehen." Dann ritt er davon. Silke ließ es sich nicht zweimal sagen, mit einem Galopp folgte sie ihm und holte ihn auch bald ein. Ruhig und ausgeglichen gingen die beiden Pferde nun nebeneinander her. So unauffällig wie nur möglich beobachtete Klaus nun Silke. Einige Augenblicke ritten beide nebeneinander, ohne auch nur einen Ton zu sagen, es war wohl jeder mit sich selbst beschäftigt und hatte wohl seine eigenen Gedanken. Auch Silke beobachtete Klaus, wenn auch nur im Unterbewusstsein. Ich habe ihm wohl unrecht getan, als ich mich von Meteor entfernte. Er hat es bestimmt nur gut mit mir gemeint und wollte mich vor einem eventuellen Unfall schützen. Diese Gedanken gingen ihr so durch den Kopf. Klaus der Silke nun die ganze Zeit beobachtet hatte war davon überzeugt, dass sie wohl regelmäßig mit Pferden zu tun hat. So wie sie aufsitzt, kann es nicht anders sein. Klaus brach das Schweigen:

„Du reitest wohl regelmäßig", fragte er.

„Ja, wenn es die Schule zulässt, bin ich fast jeden Tag bei den Pferden. Es ist so beruhigend,

34

wenn man mit den Tieren zu tun hat und hinterher ist man so ausgeglichen."

Zwischenzeitlich waren sie ein gutes Stück des Weges geritten, Silke schaute hoch und sah, dass Conny Ihnen entgegen kam:

"Oh, da kommt deine Verlobte", sagte Silke und sah Klaus dabei an.

"Wie kommst du denn darauf, wer hat dir denn diesen Unsinn erzählt. Sie ist auf unserem Hof eine Reiterin, wie jede andere auch und mehr nicht."

„Sie hat es mir vor ein paar Stunden gesagt. Entschuldige bitte, ich konnte doch nicht wissen, dass es nicht stimmt."

Nun begegneten sie sich.

"Hallo Klaus", sagte Conny und wollte schon stehen bleiben.

"Hallo", antwortete er und im Vorbeireiten:

"Wenn Myka geschwitzt hat, reib sie vorher ab, bevor du sie in die Box stellst.“

Dann ritten die beiden weiter. Silke hatte gemerkt, dass Klaus ziemlich sauer war, denn so, wie er sie behandelt hat, konnte man zu keinem anderen Schluss kommen. Beide reiten nun noch ein Stück des Weges und Klaus zeigte ihr die Schönheit dieser Landschaft. Satte grüne Wiesen und Felder, auf denen noch die Früchte standen, wechselten sich ab. Geteilt wird diese Landschaft durch die Aller, ein kleines Flüsschen, die

35

Ufer bewachsen mit Büschen Sträuchern und Bäumen auf der einen Seite. Auf der anderen Seite saftige Weiden, auf denen die Pferde grasen. Klaus hatte ein Prinzip, mit den jungen Frauen, die auf seinen Hof zu den Pferden kamen, wollte er kein Verhältnis eingehen. Das galt auch für Conny. Zwei Stunden waren vergangen. Silke und Klaus kamen zurück. Mit einem Satz waren beide abgestiegen. Sie machten ihre Pferde fest und Silke lief gleich los und holte zwei Eimer mit Wasser:

"So ihr beiden, ihr habt doch bestimmt mächtigen Durst."

Sie stellte die Eimer hin und beide begannen ihre Pferde, die auch geschwitzt hatten, abzureiben, um sie anschließend in die Box zu bringen. Silke schaffte Heu herbei und Klaus sorgte für das Kraftfutter. So vergingen die Tage. Für Silke war ein Tag schöner als der andere.

Kapitel-12-

Petra und Helmut Weishaus standen auf dem Balkon und holten ganz tief Luft:

„Jetzt kann unser Urlaub beginnen", sagte Petra.

Die Vermieter dieses Apartments hatten dafür gesorgt, dass ihnen zur Begrüßung ein Piccolo eine Sylter Quelle und eine Flasche Bier hingestellt wurden. Bevor Petra nun damit begann die Koffer auszupacken, nahm sie erst einen kräftigen Schluck aus der Sylter Quelle. Helmut hingegen trank mit einem Hochgenuss die Flasche Bier. Der Abend kam, beide zogen sich um und gingen zur Strandpromenade. Nachdem sie ihren Spaziergang beendet hatten, war Ihnen das Glück beschieden, sie fanden einen leeren Strandkorb, den sie gleich belegten. Helmut sagte: „Setz dich schon einmal hin, ich werde uns vom Fischstand noch ein Aal Brötchen holen." Anschließend holte er noch ein Bier und eine Limonade. Es war ein wunderschöner Sommerabend. Sie schauten hinaus aufs Meer, beobachteten die Möwen, ließen sich den Wind um die Nase wehen und lauschten dem Meeresrauschen bei einem an Schönheit nicht mehr zu überbietenden Sonnenuntergang. Helmut nahm seine Petra in den Arm und mit entspannter

Stimme sagte er: „Hier bin ich Mensch, hier darf ich's sein."

Kapitel -13-

Es folgten Tage der Erholung. Bei herrlichem Sonnenschein zog es sie Tag für Tag an den Strand. Eine Genießerin wie Petra konnte es nicht ausstehen, wenn man nur einen Meter Abstand zum nächsten Strandkorb hatte. Sie suchten sich ihr eigenes Domizil und fuhren täglich zum Weststrand. Hier fanden sie Ruhe und Entspannung, außerdem hatten sie dort Freunde und Bekannte, die ebenfalls um die gleiche Jahreszeit dort ihren Urlaub verbrachten. Helmut Weishaus spielte sehr gerne eine gute Partie Schach. Von Berufswegen blieb ihm dieses zu Hause leider verwehrt, das holte er daher jedes Jahr auf Sylt nach. So auch in diesem Jahr. Die ersten zwei Wochen waren verstrichen. Der herrliche Sonnenschein zwang sie, täglich an den Strand zu gehen. Neue Nachbarn hatten sie seit einer Woche auch bekommen. Ein junges Ehepaar, der Aussprache nach, aus Osteuropa. Es war Montag in der dritten Urlaubswoche. Am Wetter hatte sich nichts geändert:

„Du Petra, was hältst du davon, wenn Du heute alleine zum Strand fährst und ich gehe zum Schach?"

Petra hatte sich schon gewundert, dass er an all den schönen Tagen, ohne auch nur einmal zu murren, immer mitgegangen war:

„Natürlich", sagte Petra, „geh du nur zu deinem Schach, wir haben ja nur noch eine Woche." Petra nahm ihre Badetasche, ging in die Tiefgarage, setzte sich in den Wagen und fuhr zum Strand.

Kapitel -14-

Gut gelaunt machte sich Helmut auf und schlenderte in Richtung Strandmuschel. Überall wurde gespielt. Er stellte sich hin und schaute zu. Als die Partie, die er gerade beobachtete beendet war, nahm ein vollbärtiger Herr die Figuren, stellte sie auf. Den Blick auf Weishaus gerichtet fragte er:

„Spielen sie mit mir eine Partie?" „

Ja antwortete er und überließ dem Herrn die weißen Figuren.

Auffallend war, dass der Herr sehr korrekt gekleidet war und eben diesen gepflegten Vollbart trug:

„Bitte, beginnen Sie", sagte Weishaus und der Herr stellte seinen Bauern von d2 auf d4 also Damen Gambit.

Nach dem neunten Zug kam der vornehme Herr doch etwas ins Straucheln.

Er streichelte seinen Bart und überlegte, wie er wohl auf diesen Zug antworten solle. Es hatten sich in der Zwischenzeit einige Schachfreunde eingefunden, die diese Partie begutachteten. Doch plötzlich klingelte bei dem Herrn das Handy. Er sagte:

„Bitte entschuldigen sie", dann sprach er mit dem Anrufer.

Danach steckte er sein Handy wieder in die Tasche und Weishaus zugewandt sagte er:

„Mein Herr, ich bitte um Entschuldigung, aber ich bin soeben beruflich abberufen worden. Diese Partie werden wir aber in dieser Woche noch zu Ende spielen. Ich habe die Stellung im Kopf, zum Vergleichen notieren sie diese Bitte. In spätestens drei Tagen werden wir die Partie fortsetzen."

Mit leichten Sommerhandschuhen bekleidet gab er Weishaus die Hand und sagte:

„Auf Wiedersehen."

„Das ist doch ein eigenartiger Zeitgenosse", dachte Weishaus, ob das wohl ein Arzt war, fragte er sich?" Dann schaute er sich um, ob sich ein neuer Gegner findet.

Kapitel -15-

Auch Petra hat es sich wohlergehen lassen. Sie nahm sich ein gutes Buch und ließ sich von den Protagonisten in eine Zeit von vor dem Zweiten Weltkrieg, hinein bis in die Kriegswirren der vierziger Jahre entführen. Es ist ein Roman aus dem ostpreußischen Bauernleben. Auf einmal, sie wurde überrascht, ein Ball flog gegen ihr Buch und schlug es ihr aus der Hand. Es landete im Sand: „O, entschuldigen sie vielmals!" war von einer Frauenstimme mit einem Akzent zu hören, „das wollte ich nicht, es tut mir wirklich leid." Es war die neue Nachbarin. Sie kam und holte den Ball. Mit einem Lächeln entfernte sie sich wieder, um dann nach einer relativ kurzen Zeit wieder mit einem Glas Sekt zu erscheinen und dann darum bat, auf gute Nachbarschaft mit ihr anzustoßen. Dieser Bitte konnte sich Petra natürlich nicht widersetzen. Es kam der Partner der jungen Frau hinzu und es entwickelte sich ein angeregtes Gespräch. Wie im Fluge verging die Zeit, Petra schaute auf die Uhr, achtzehn Uhr dreißig war es inzwischen:

„Jetzt wird es aber Zeit für mich", sagte sie. „Mein Mann wird schon auf mich warten." Mit der Bemerkung:

„Wir gehen auch", wurde das Gespräch beendet.

Helmut Weishaus war in seinem Element, er spielte eine Partie nach der anderen. Das Zeitgefühl hatte er vollständig verloren. Wann konnte er schon so unbeschwert seinem Hobby frönen. Daher bemerkte er auch nicht, wie schnell der Tag vergangen war. Helmut schaute auf die Uhr und staunte nicht schlecht, es war bereits neunzehn Uhr:

„Ach du lieber Gott", dachte er, „jetzt wird es aber Zeit, dass ich nach Hause komme, Elke wird bestimmt schon auf mich warten."
Zum Glück hatte er es ja nicht weit. Er kam Heim, die Tür war noch, oder schon wieder verschlossen. Seine Elke war also nicht zu Hause. Ich werde mal die Friedrichstraße rauf und runter gehen, vor irgendeinem Schaufenster werde ich sie mit Sicherheit finden. Er machte sich auf den Weg und schlenderte die Straße rauf und runter. Seine Elke konnte er aber nicht finden. Wie auch, bei so vielen Menschen?

„Das währe doch gelacht, wenn ich sie nicht finde", dachte er.
Nun ging er zur Strandstraße, um dann anschließend noch einmal die Strandmuschel aufzusuchen. Es könnte ja sein, dass wir uns verfehlt haben. Helmut suchte wieder die Schachspieler auf, von seiner Elke war nichts zu sehen. Die ist

44

bestimmt Daheim und wartet auf mich, dachte er und ging Heim. Elke jedoch war nicht zu Hause. Er wurde nun unruhig, schaute sich im Zimmer um und stellte fest, dass auch ihre Badetasche fehlte. Helmut begab sich in die Tiefgarage, um nachzusehen, ob der Wagen dort steht. Als er sah, dass sein Parkplatz leer war, drehte er sich um und versuchte so schnell wie möglich, ein Taxi zu bekommen. Mit der Order:

„Auf dem schnellsten Wege zum Weststrand zu fahren", stieg er ein.

Dem Taxifahrer erklärte er nun, warum er es so eilig habe und dass dieser doch auf ihn warten soll, bis er zurückkommt. Schon eigenartig dachte der Taxifahrer und sagte:

„Wenn es ihnen nichts ausmacht, komme ich mit. Die Zeit läuft so oder so."

Zwischenzeitlich war es einundzwanzig Uhr. Helmut war bis in die Haarspitzen angespannt:

„Da steht mein Wagen", sagte er, als sie den Parkplatz erreichten.

Helmut war nicht mehr zu halten. Wie ein Wilder rannte er zum Strand, der Taxifahrer konnte ihm nicht mehr folgen. Auf dem höchsten Punkt der Düne angekommen, blieb er stehen und suchte den Strand ab, er war leer. Auch der von ihm gemietete Strandkorb machte den Eindruck, dass er ordentlich verlassen wurde. Dann entdeckte er etwas abseits noch ein Pärchen. Helmut ging zu ihnen und erkundigte sich, ob am Tage etwas Auffälliges geschehen sei, ein Unfall oder etwas Ähnliches?

„Nein", antwortete der Mann", „es war zwar ein reges Treiben, aber weder die Polizei noch einen Rettungseinsatz haben wir bemerkt."
Der Taxifahrer, er war so um die fünfundsechzig Jahre, hatte nun zwischenzeitlich auch den Strand erreicht und schnappte auch etwas nach Luft:

„Was sollen wir jetzt machen", fragte er?" Ich werde zuerst vom Auto aus die Polizei anrufen, vielleicht können die mir etwas sagen."

„OK", war die Antwort des Taxifahrers.

„Ich werde meine Kollegen ansprechen und nachfragen, ob denen etwas aufgefallen ist. Haben sie denn zu ihrem Fahrzeug einen Schlüssel", wollte er noch wissen?

„Ja", antwortete Helmut:

„Einen Schlüssel hat meine Frau und einen habe ich." Beide gingen nun zurück zu ihren Fahrzeugen und telefonierten bzw. holten sich über Funk ihre Auskünfte. Der Taxifahrer setzte sich mit seiner Funkzentrale in Verbindung und ließ über diese seine Kollegen abfragen. Von denen die man erreichte, hatte niemand etwas bemerkt. Er hatte also eine negative Auskunft.

Kapitel -17-

Helmut wählte die Nummer einhundertzehn. Als man sich am anderen Ende meldete, sagte er:

„Guten Abend, Helmut Weishaus ist mein Name. Ich möchte meine Frau, Petra Weishaus, als vermisst melden. Wir verbringen hier auf der Insel Sylt unseren Urlaub. Meine Frau ist heute zum ersten Mal alleine zum Weststrand gefahren. Als ich gegen neunzehn Uhr unser Appartements betreten habe, war sie noch nicht zurück. Können sie mir etwas sagen, ist ihr etwas passiert, ein Unfall, sie ist doch eine gute Schwimmerin?"

„Es tut mir Leid, ihnen nichts sagen zu können", war die Antwort aus der Polizeistation. Wir melden es aber der DLRG weiter, vielleicht wissen die etwas. Kommen sie doch bitte hier her zu uns ins Polizeigebäude, mein Name ist Polizeiobermeister Vietjen. Wir werden dann ein Protokoll aufnahmen", fügte er noch hinzu.
Helmut Weishaus ging das alles nicht schnell genug:

„Hören sie", sagte er, „ich bin mit einem Taxi hier hergefahren und stehe hier nun auf dem Parkplatz vor meinem Wagen, der noch verschlossen ist. Von meiner Frau fehlt jede Spur. Ich bitte sie schicken sie einen Streifenwagen hier her, ich warte."

Er wollte, dass man, so lange es noch etwas zu sehen gab, das Umfeld absuchte. An einen Unfall im Wasser glaubte er nicht. Seine Frau war doch eine gute Schwimmerin und außerdem sehr vorsichtig. Da muss doch etwas anderes passiert sein. Da, plötzlich hörte er ein lautes Motorengeräusch. Zwei Hubschrauber, der eine suchte zu Lande und der andere zu Wasser, das ganze Gebiet ab. Weishaus zitterte am ganzen Körper. Auch der von ihm geforderte Streifenwagen, ein VW-Bus, näherte sich mit Blaulicht. Auf dem Parkplatz angekommen, forderte Polizeimeister Weber, Weishaus auf, sich in den Bus zu setzen. Während der Polizeimeister ein Protokoll aufnahm, suchten die zwei anderen Polizeibeamten das umliegende Feld ab und machten unzählige Fotoaufnahmen:

„Können Sie den beweisen, dass das dort ihr Wagen ist", fragte der Protokoll aufnehmende Polizeimeister Weber.

„Ja, das kann ich, hier ist mein Schlüssel, einen hat meine Frau und einen habe ich."
Helmut nahm sein Schlüsselbund, machte den Autoschlüssel ab und übergab ihn dem Polizeimeister. Zusammen öffneten sie den Wagen, einen Mercedes der S Klasse. Helmut schaute nochmals hinein und stellte fest, dass seine Frau den Wagen, nach dem Baden nicht mehr betreten

hat. Nun kam der Taxifahrer und fragte, ob er noch gebraucht würde?

„Nein", sagte Weber, „aber kommen sie doch morgen zu uns, wir möchten auch noch mit ihnen ein Protokoll aufnehmen." Dann fuhr das Taxi davon.

Polizeimeister Weber wandte sich nun Herrn Weishaus zu:

„Nun erzählen sie mir doch bitte, wie der Tag aus ihrer Sicht abgelaufen ist?"

„Wenn es meine Zeit erlaubt und das ist in der Regel nur, wenn ich Urlaub habe, dann spiele ich aber sehr gerne eine gepflegte Partie Schach, so auch heute. Meine Frau wollte mir eine Freude machen und sagte, geh du zum Schach, ich fahre alleine zum Strand. Es war so gegen zehn Uhr dreißig, als sie fuhr und ich zum Schachspiel bei der Strandmuschel gegangen bin. Ich spielte eine Partie nach der anderen und hatte die Zeit völlig vergessen. Als ich das erste Mal auf die Uhr schaute, staunte ich, es war bereits neunzehn Uhr. Im Glauben, meine Frau warte schon auf mich, ging ich zu meinem Appartements. Doch meine Frau war nicht Daheim. Um sie zu suchen, spazierte ich die Friedrichstraße rauf und runter in der Hoffnung, sie an einem der vielen Schaufenster stehen zu sehen, leider ohne Erfolg. Also ging ich hinüber zur Strandstraße und anschließend nochmals zum Schach. Ich glaubte, sie dort zu finden, weil sie mich suchte. In der Hoffnung, sie jetzt endlich zu Hause anzutreffen, ging ich wieder zurück. Als ich wieder vor der verschlossenen Tür stand, schloss ich auf und schaute mich in unseren Räumen um. Ich stellte fest, die Badetasche stand nicht an der gewohnten Stelle, sie war nicht da. Schnell begab ich mich in die Tiefgarage, um nach dem Wagen zu schauen. Der Stellplatz war leer. Auf dem schnellsten Wege besorgte ich mir ein Taxi und fuhr hier her. Ich fand mein Auto und lief so schnell ich konnte, zum Strand, er war leer, den Rest kennen sie."

Zwei Stunden waren inzwischen vergangen, die Dunkelheit brach ein. Über Funk meldeten die Hubschrauber, nichts Verdächtiges gesehen zu haben und man breche die Suche ab. Polizeimeister Weber hatte das Protokoll aufgenommen und sagte:
„Wir müssen abwarten, fahren sie mit ihrem Wagen zurück."
Per Funk bekam er die Nachricht, dass im Krankenhaus niemand Verdächtiges eingeliefert worden sei, schon gar nicht mit dem Namen Petra Weishaus. Am Boden zerstört, fuhr Helmut Weishaus zurück nach Westerland und stellt den Wagen in die Tiefgarage.

Kapitel -18-

Ohne dass auch nur die geringste Absicht zu erkennen gewesen wäre, kamen sich Silke und Klaus näher. Ja sie hatten, wenn sie sich begegneten, dieses besagte Kribbeln im Bauch. Man könnte auch sagen, es waren die ersten Anzeichen, dass sie sich ineinander verliebt hatten. Für Silke war es immer der Höhepunkt, am Abend mit Klaus und Meteor ausreiten zu dürfen. Um auch täglich in den Genuss dieser schönen Stunden zu kommen, war sie bereit alles zu geben und alles dafür zu tun. Bei allen auf dem Hof anfallenden Arbeiten stand sie Klaus stets zur Seite. Schon nach einer Woche war von der jungen Dame, so wie sie angekommen war, nichts mehr zu sehen. Sie rackerte sich den ganzen Tag dafür ab, dass auch Klaus am Abend die Zeit zum Ausreiten hatte. Dieses Verhalten blieb weder dem Jens noch der Elke verborgen. Am Montag, es begann die dritte Ferienwoche, Silke war vor lauter Müdigkeit noch nicht zum Frühstück erschienen, nahm sich Elke ihren Sohn zur Seite und sagte:

„Junge, ich muss mal mit dir reden."

Klaus wusste, was auf ihn zukam. Er ging mit dem Zeigefinger zum Mund:

„Pst, nicht so laut, sie schläft doch noch. Mutter ich weiß, was du sagen willst. Glaubst du den wirklich, dass es mir gefällt, wie sie hier arbeitet. Ich habe es ihr auch schon einige Male gesagt, ja sogar verboten zu arbeiten, den Erfolg siehst du. Sie sagt immer, wenn du diese Arbeiten auch noch machen müsstest, könnten wir am Abend nicht zusammen ausreiten.

Das Schlimme ist, sie weiß, was zu tun ist und alles kommt so ungezwungen. Ja Mutter, so eine Frau möchte ich schon später einmal haben. Rede einmal mit ihr, auf mich hört sie ja nicht."

Kapitel -19-

Im Hintergrund waren Geräusche zu hören, Silke kam die Treppe hinunter:

„Guten Morgen", sagte sie und setzte sich an den Frühstückstisch.

Es kam ein „Guten Morgen" von allen zurück.

„Mutter ich gehe schon mal und helfe dem Jens."

Mit diesen Worten verließ Klaus das Haus.

„Ja, geh du nur", war ihre Antwort.

Dann setzte sich Elke noch einmal zu ihr an den Tisch. Silke spürte es, irgendetwas war hier heute anders. Direkt, wie sie war, das hatte sie von ihrem Vater, fragte sie:

„Elke ist etwas nicht in Ordnung?"

„Doch, doch", antwortete Elke.

„Und dennoch, ich muss mal mit dir reden."

„Was habe ich denn falsch gemacht", fragte nun Silke:

„Mädchen, du hast nichts falsch gemacht, du bist unser erster Feriengast und arbeitest wie ein Brunnenputzer. Das geht nicht! Glaube nicht, dass ich auch nur einen Cent von dir nehme. Du brauchst deine Kraft, du sollst erholt nach Hause kommen. Was soll ich deinen Eltern sagen? Die werden uns die größten Vorwürfe machen und das zu Recht."

Silke lächelte:

„Da mach du dir mal keine Sorgen, wir sind so erzogen. Mein Bruder ist da auch nicht anders und mein Vater würde sich darüber freuen. Er sagte immer, Arbeit bekommt man nicht zugewiesen, die sieht man. Außerdem, ich mag Klaus und freue mich, wenn ich mit ihm ausreiten darf, er kann einem alles so wunderbar erklären. So einen Mann wünsche ich mir mal."

Elke sah, wie sie leicht errötete:

„Nun, heute bleibst du mal bei mir und erholst dich richtig. Geh ruhig mal zu den Pferden, aber lass dich nicht beim Arbeiten erwischen."

Elke lächelte und streichelte ihre Wange.

„Bist schon ein tolles Mädchen, deine Eltern können stolz auf dich sein", sagte sie, begann den Tisch abzuräumen und das Geschirr in die Spülmaschine zu stellen.

Silke ging zu den Pferden, gab jedem ein Stück Zucker und wie immer, Meteor wartete schon auf sie, er wollte schmusen. Kopf an Kopf sprach sie leise vor sich hin:

„Glaubst du auch, ich mache zu viel, es macht mir doch Freude."

Sie streichelte ihren Liebling und anschließend ging sie noch ein Stück spazieren. Es war so ein befreiendes Gefühl, durch Wiesen und Felder zu gehen. Hin und wider blieb sie stehen, schaute sich um und bewunderte die Natur. Auf den Weiden die grasenden Pferde, ja, die hatten es ihr besonders angetan. Ein Stück Zucker hatte sie immer in der Tasche, und wenn eines zu ihr an den Weidezaun kam, bekam es auch ein Stück.

Kapitel -20-

Zur Mittagszeit, es war so gegen elf Uhr dreißig, kam Silke von ihrem Spaziergang wieder zurück. Sie befand sich bereits auf der kleinen Zufahrtsstraße zum Hof, als sie von einem wie verrückt fahrendem Auto überholt wurde. Silke erschrak mächtig, der Wagen ließ keinen halben Meter Abstand zu ihr. Auf dem Hof angekommen sah sie, dass es sich bei der Fahrerin um Conny handelte. Silke ging zu ihr hin und bat sie, künftig auf solch einen Unsinn zu verzichten. Conny hingegen kostete es nur ein Lächeln, denn sie war sehr von sich eingenommen. Nach dieser Ermahnung ging Silke in die Küche:

„Wie viel Personen sind wir heute", fragte sie.

„Sechs", antwortete Elke.

„Ich deck schon einmal den Mittagstisch ein, ich hoffe du hast nichts dagegen."

„Ja, mach nur, wenn du es nicht lassen kannst", antwortete Elke.

Plötzlich hörten sie von draußen ein fürchterliches Geschrei und das Wiehern eines Pferdes:

„Das ist Meteor", rief Elke und beide rannten hinaus.

Zu spät, Meteor stand vor der Stalltür und wieherte wie verrückt. Conny lag einige Meter von ihm entfernt mit einem schmerzverzerrten Gesicht am Boden und hielt sich den Arm und die

Schulter. Elke sah es sofort, Meteor hatte sie abgeworfen. Mit erregter Stimme fragte sie: „Was ist geschehen, wo tut es dir weh?"

Conny zeigte auf ihre linke Schulter und auf ihren Arm. Diese Verletzungen kannte Elke, sie rief sofort den Notarzt. Elke kam zurück und schaute sich Conny an. Diese saß wie ein Häufchen Elend auf dem Hosenboden und konnte sich kaum rühren:

„Das bist du selbst in Schuld, Klaus hat es dir schon unter Zeugen untersagt, Meteor zu reiten. Scheinbar musste es so kommen, du konntest ja nicht hören."

Es dauerte nicht lange und der Unfallwagen stand auf dem Hof. Sie versorgten Conny mit dem Notwendigsten und fuhren anschließend mit ihr ins Krankenhaus. In der Zwischenzeit waren eineinhalb Stunden vergangen, Jens und Klaus kamen, um das Mittagessen einzunehmen. Die Aufregung war den beiden Frauen anzumerken:

„Was ist hier geschehen", fragte Klaus und Elke berichtete.

Klaus war aufgebracht:

„Wenn sie nicht hören kann, müssen wir es ihr untersagen, hier zu reiten."

Nach gut drei Stunden rief Elke das Krankenhaus an und erkundigte sich nach den Verletzungen, die Conny erlitten hatte. Die Antwort war kurz und knapp. Sie habe starke Prellungen und eine Fraktur am linken Unterarm mehr könne man im Augenblick noch nicht sagen. Der Nachmittag verlief dann wieder normal, jeder machte seine Arbeit.

Kapitel -21-

Obwohl verboten, traf Silke alle Vorbereitungen, um auf alle Fälle am Abend mit Klaus ausreiten zu können. Der Abend war gekommen, das Abendbrot hatte man eingenommen: „Komm", rief Silke, „wir können gleich los reiten, alles andere habe ich schon gerichtet."

Sie gingen zu den Pferden. Meteor steckte wie immer, den Kopf heraus und wartete auf Sie. Man merkte es ihm noch an, dass jemand auf ihn reiten wollte, den er nicht mochte. Als Silke aber aufsaß, war er wieder der Alte:

„Komm", sagte Klaus, „heute zeige ich dir eine ganz andere Gegend. Es ist zwar etwas weiter, aber es lohnt sich."

Sie ritten einige Minuten, dann führte ihr Weg entlang der Aller. Gut eineinhalb Stunden sind sie des Weges geritten, als Klaus plötzlich Lisa zum Stehen brachte. Meteor hingegen blieb von ganz alleine stehen, er kannte dieses Fleckchen Erde:

„Hierher reite ich immer, wenn ich Ruhe brauche und mich entspannen will. Stunden lag ich hier schon im Gras, erfreute mich am Duft der Wiesen und lauschte der Vögel Gesang. Ja und wenn es mir danach war, habe ich hier auch schon das eine oder andere Bad genommen."

Das Gras stand hoch, man sah, hier ist schon lange niemand mehr gewesen. Beide setzten sich und ließen ihre Pferde grasen. Sie schwiegen, Silke lehnte sich an und begann zu träumen. Nach gut einer halben Stunde, wie von einer Tarantel gestochen, sprang sie auf, entledigte sich ihrer Kleider und sprang ins Wasser. Natürlich, ohne ein Wort zu verlieren, machte Klaus es ihr nach. Sie hatten beide einen riesigen Spaß:

„Das machen wir morgen wieder", sprudelte es aus Silke heraus.

Eine viertel Stunde war vergangen, Klaus mahnte, doch jetzt langsam aufzubrechen. Sie trockneten sich so gut es ging und zogen sich an. Klaus wollte schon aufsitzen als Silke zu ihm kam. Sie legte ihre Arme um seinen Hals und gab ihm einen herzhaften Kuss:

„Ich glaube", sagte sie, „ich habe mich in dich verliebt. Ich hatte noch nie einen Mann. Es muss wohl so sein", lächelte und setzte sich aufs Pferd. Anschließend machten sie sich auf den Heimweg:

„Das war heute der schönste Tag", sagte sie und strahlte über das ganze Gesicht:

„Auf Sylt bin ich immer mit den Eltern zum Weststrand gefahren. Die Strände dort sind mit einer oder zwei Ausnahmen, allesamt FKK Strände. Es ist ein wunderbares Gefühl, nackt in der Nordsee zu baden. Anschließend, wenn wir aus dem Wasser kamen, haben wir ein Sonnenbad genommen."

Die Pferde gingen nebeneinander, wahrscheinlich lauschten auch sie Silkes Erzählungen. Klaus war in sich gekehrt, in seinen Gedanken verglich er Silke mit Conny. Nein dachte er: „Es währe unfair ihr gegenüber, sie mit Conny zu vergleichen. Silke ein Mädchen, offen, ehrlich, arbeitsam, freundlich zu jedermann und doch zurückhaltend. So ein Mädchen muss man lieben. Schade, dass ihre Ferien bald zu Ende sind. Es war so weit, man hatte wieder den Hof erreicht. Zuerst wurden wieder die Pferde versorgt und anschließend in die Boxen gebracht. Silke war überglücklich, sie war zum ersten Mal ernsthaft verliebt.

Kapitel -22-

Für Helmut Weishaus war die Nacht der reinste Horror. Mal nickte er ein, schlief ein paar Minuten, dann schreckte er wieder auf und lief im Zimmer hin und her. Doch langsam nahte der Morgen: „Gott sei Dank", dachte er. Jetzt konnte er doch wieder etwas unternehmen: „Zuerst werde ich mich mit den Kindern in Verbindung setzen", ging es durch seinen Kopf. Er suchte nach den Telefonnummern und fand sie in der Handtasche seiner Frau. Zum Glück nahm seine Frau sie nie mit zum Strand. Weishaus wollte sich gerade, um zu telefonieren, sein Handy holen, da klingelte es auch schon. Er zitterte am ganzen Körper, kaum fähig den richtigen Knopf zu drücken sagte er: „Ja Weishaus hier." Nun hoffte er, die Stimme seiner Frau zu hören und fragte weiter,

„Petra wo bist du, was ist geschehen?" dann hörte er:

„Guten Morgen Herr Weishaus, hier ist Polizeiobermeister Vietjen. Als Erstes meine Frage, hat sich ihre Frau schon gemeldet? Aber diese Frage haben sie mir ja eigentlich schon beantwortet. Unsere Leute sind schon seit den frühen Morgenstunden voll im Einsatz. Bis jetzt leider ohne Erfolg. Wir haben ihren Fall der Kripo nach Heide gemeldet. Dort hat den Fall Hauptkommissar

Groß übernommen. Er ist bereits auf dem Wege hier her. In einem Streifenwagen habe ich Polizeimeister Weber zu ihnen geschickt, er soll ihren Wagen zur kriminaltechnischen Untersuchung abholen. Sie kennen ihn ja bereits."

„Ja geht in Ordnung", sagte Weishaus, es läutet bereits bei mir."

Weishaus ging und öffnete die Tür, vor ihm stand Polizeimeister Weber:

„Kommen sie", sagte er, „vielleicht finden wir im Wagen doch einen Anhaltspunkt."

Weishaus holte die Schlüssel und fuhr mit Weber in die Tiefgarage. Vor Entsetzen blieb er stehen, der Wagen stand nicht mehr an seinem Platz. Per Handy setzte Weber seine Dienststelle davon in Kenntnis, um sofort weitere Schritte einleiten zu können:

„Kann es sein, dass sie den Wagen anderweitig abgestellt haben?" fragte Weber noch.

„Nein, ich bin sicher, ihn hier abgestellt zu haben."

Weishaus und Weber suchten die ganze Tiefgarage und auch draußen vor dem Hause alles ab, ohne Erfolg. Anschließend begaben sie sich wieder nach oben in das Appartement von Herrn Weishaus:

„Ich muss jetzt zuerst meine Kinder benachrichtigen. Wer weiß, was noch alles passiert."

Kapitel -23-

Sein erstes Gespräch führte er mit seinem Sohn Marcus:

„Hallo Marcus, Vater hier. Hör bitte gut zu, es ist etwas Schreckliches geschehen. Mutter wird seit gestern vermisst. Sie fuhr alleine mit dem Wagen zum Weststrand und ist am Abend nicht zurückgekommen. So wie es jetzt aussieht, kommt eine Entführung infrage. Versuche bitte so schnell wie möglich und so sicher wie möglich nach Hause zu kommen. Wir werden dich dort bestimmt benötigen. Nach diesem Gespräch werde ich noch Silke anrufen. Frag jetzt bitte nicht weiter, ich rufe dich heute Abend an."

Anschließend telefonierte er mit seiner Tochter, die sich gerade in der Küche aufhielt:

„Hallo Silke, Vater hier", weiter kam er nicht.

„Du, ich wollte euch auch gerade anrufen und mit der Mama sprechen. Ich habe ihr ganz was Wichtiges zu sagen." Er unterbrach sie:

„Schatz hör bitte genau zu: „Mit an Sicherheit grenzender Wahrscheinlichkeit wurde gestern die Mama entführt, vieles, was sich seither ereignet hat, lässt darauf schließen. Die Mama war gestern alleine am Weststrand und ist am Abend nicht nach Hause gekommen. Bei der Polizei läuft alles auf Hochtouren. Es kann sein, dass du auch in Gefahr bist, sei bitte äußerst vorsichtig und gib mir bitte einmal Frau Laber ans Telefon."

Silke, einem Zusammenbruch nahe, übergab den Hörer mit den Worten:

„Mein Vater für dich."

„Ja Laber hier, Herr Weishaus, was haben sie auf dem Herzen?"

„Liebe Frau Laber, ich kann noch nichts beweisen, aber es könnte sein, dass Silke in Gefahr ist. Gestern ist meine Frau vom Strand nicht nach Hause gekommen, so wie die Dinge liegen, geht die Polizei davon aus, dass es sich um eine Entführung handelt. Gemeldet hat sich noch niemand. Achten sie auf das Mädchen. Kann ich die Kleine jetzt noch einmal haben?"

Elke musste sich auch erst einmal setzen, dann übergab sie den Hörer. Silke weinte:

„Ja Papa ich bin es wieder, was ist zu tun?"

„Schatz geh bitte nicht alleine irgendwo hin, siehe zu, dass du immer in Begleitung bist."

„Wenn es möglich ist, werde ich dich nach Hause holen lassen. Ich bin jetzt noch auf Sylt. Heute am Abend werde ich dich anrufen und dir weitere Informationen geben."

„Ja Papa, ich pass auf."

Elke nahm sie in den Arm und tröstete sie.

Kapitel -24-

Nachdem die Polizeidienststelle über das Verschwinden des Fahrzeugs informiert worden war, ließ Vietjen sofort zwei Streifenwagen zur Autoverladestelle fahren, um die dort noch stehenden Fahrzeuge zu kontrollieren. Ein Fahrzeug dieser Klasse in der von Weishaus angegebenen Farbe stand dort nicht zur Verladung. Die Streifenwagenbesatzungen befragten auch die an der Verladestelle arbeitenden Bahnarbeiter. Nach mehreren Befragungen konnte sich der an der Auffahrrampe stehende Mitarbeiter an einen solchen Wagen erinnern. Er sagte: dass die den Wagen fahrende Dame Schwierigkeiten gehabt habe, den Wagen um die doch relativ enge Kurve zu lenken.„In einem Deutsch mit einem Akzent hätte sie gesagt, diesen Wagen fahre sonst nur ihr Mann. Der Bahnarbeiter sagte weiter, er könne sich deshalb so genau daran erinnern, weil es der erste Zug gewesen sei. Um keine Zeit zu verlieren, nahmen die Polizeibeamten den Bahnarbeiter gleich mit zur Protokollaufnahme und zur Personenbeschreibung in die Polizeistation. Der Wagen, so war man sich darüber einig, sei inzwischen über alle Berge. Dennoch wurden alle Häfen und Grenzübergänge informiert. Inzwischen war Hauptkommissar Groß mit seinem Anhang in Westerland eingetroffen und fuhr nach einer kurzen Lagebesprechung direkt zu Herrn Weishaus. Dieser fühlte sich ohne Auto und ohne selbst etwas tun zu können, wie gefesselt. Polizeimeister Weber, der inzwischen Weishaus verlassen hatte, gab nun auf der Polizeistation seinen Bericht ab. Vietjen und der eingetroffene Hauptkommissar Groß nahmen ihn zur Kenntnis. Weishaus lief in seinem Zimmer hin und her. Dann schaute er wieder von seinem Balkon hinunter auf die Promenade, vielleicht kann ich etwas Wichtiges sehen, dachte er. Dann auf einmal, es läutete bei ihm. Er ging zur Tür und öffnete sie, vor ihm standen drei Männer:

„Guten Morgen Herr Weishaus, ich bin Hauptkommissar Groß, und das sind die Herren Kommissar Schmidt und Kommissar Vetter, meine Mitarbeiter. Hier sind unsere Ausweise, dürfen wir nun eintreten?"

„Aber ja", sagte Weishaus", „bitte treten sie ein meine Herren und nehmen sie Platz."

„Wie sie von Herrn Polizeiobermeister Vietjen bereits erfuhren, habe ich ihren Fall übernommen. Sie werden dafür Verständnis haben, wenn ich ihnen jetzt eine Menge an Fragen zu stellen habe. Ich denke, sie sind damit einverstanden, wenn Kommissar Vetter unser Gespräch aufzeichnet."

„Ja bitte", antwortete Weishaus.

68

„Nun, dann erzählen sie mal, wie der gestrige Tag aus ihrer Sicht verlief und vor allem, ob ihnen etwas Besonderes oder auch Merkwürdiges aufgefallen ist?"

Einen Moment überlegte er, schüttelte mit dem Kopf und sagte dann:

„Nein, es war ein Tag wie jeder andere auch, wir haben gefrühstückt und dabei überlegt, wie wir den neuen Tag gestalten sollten", es begann doch unsere dritte Ferienwoche.

Meine Frau wollte mir eine Freude bereiten und sagte mir, sie fahre alleine zum Strand und ich könne doch zum Schach spielen gehen, was ich dankend angenommen habe. Mit ihr habe ich dann dieses Appartement so gegen zehn Uhr dreißig verlassen. Sie fuhr zum Strand und ich ging zum Schach, gegenüber der Strandmuschel. Zunächst waren alle Plätze, an denen man spielen konnte, besetzt. Als nach einigen Minuten die Partie, die ich gerade beobachtet hatte, beendet wurde, nahm der vor mir stehende Herr die Figuren und stellte sie auf. Dann fragte er mich, ob ich gegen ihn spielen wolle, ich sagte ja. Es muss wohl ein Arzt gewesen sein, denn er wurde nach wenigen Zügen per Telefon beruflich zur Rückkehr aufgefordert. Er entschuldigte sich bei mir und ging. Ich suchte mir neue Gegner und spielte bis zum Abend, ohne auch nur einmal auf die Uhr zu schauen. Als ich dann das erste Mal auf die Uhr schaute, staunte ich nicht schlecht, als ich feststellte, dass es bereits neunzehn Uhr war. Ich beendete die Partie und ging sofort hier her zum Appartement in dem Glauben, meine Frau warte schon auf mich, die Tür war aber verschlossen. In der Hoffnung, sie an einem der vielen Schaufenster stehen zu sehen, schlenderte ich die Friedrichstraße hinunter. Die Strandstraße ging ich wieder hinauf und anschließend wieder zu den Schachspielern, ich fand sie aber nicht. Jetzt wird sie bestimmt zu Hause sein, dachte ich und ging wieder zu unserem Appartement, als die Tür immer noch verschossen war, schaute mich um und musste feststellen, dass ihre Badetasche auch fehlte. Mit dem Fahrstuhl fuhr ich hinunter in die Tiefgarage, um nach dem Auto zu schauen. Als ich sah, dass der Stellplatz leer war, besorgte ich mir auf dem schnellsten Wege ein Taxi und fuhr zum Weststrand; dort fand ich dann meinen Wagen. So schnell ich konnte, lief ich zum Strand, er war leer. Etwas abseits war noch ein Pärchen zu sehen, ich lief hin und fragte nach, ob irgendetwas Ungewöhnliches geschehen sei, das Pärchen sagte mir, es sei zwar ein reges Treiben gewesen, von einem Unfall habe man aber nichts gesehen. Der Taxifahrer, der auch zum Strand gekommen war und ich, wir gingen dann wieder zu unseren Fahrzeugen. Von meinem Wagen aus bat ich Herrn Vietjen, doch einen Streifenwagen zu schicken, um noch vielleicht erkennbare Spuren zu sichern. Nachdem Polizeimeister Weber, der mit dem Streifenwagen kam, mit mir ein Protokoll gemacht hatte, er ließ auch das Gelände absuchen, sagte er mir, ich soll mit meinem Wagen nach Hause fahren, was ich dann auch gemacht habe. Mehr kann ich ihnen im Augenblick nicht sagen; sollte mir zu einem späteren Zeitpunkt noch etwas einfallen, werde ich mich selbstverständlich bei ihnen melden."

Hauptkommissar Groß überlegte einen Moment, dann fragte er:

„Sie gehen nun von einer Entführung aus, gibt es denn einen Grund dafür, sind sie vermögend?"
Einen kleinen Augenblick zog so die Firmengeschichte an ihm vorüber, dann antwortete er:

„Vermögend ist relativ, ich führe ein Familienunternehmen in dritter Generation; es finden etwa fünfhundert Mitarbeiter bei mir Arbeit. Ein Unternehmen hat sich in den letzten zwanzig Jahren auf elektrotechnische Geräte spezialisiert; im Vordergrund stehen unsere Entwickelungen auf dem Gebiet der Navigation. Ehr kann und darf ich ihnen darüber nicht sagen." Meine Kinder machen in diesem Jahr alleine Ferien, der Sohn neunzehn Jahre alt, in England, auch zu Studienzwecken und die Tochter, achtzehn Jahre alt, sie liebt Pferde in Verden an der Aller. Ich habe den Kindern bereits eine Nachricht zukommen lassen."

„Haben sich die oder der Entführer schon bei ihnen gemeldet, sind irgendwelche Forderungen gestellt worden?" „Nein, bei mir nicht. In meinem Betrieb habe ich noch nicht angerufen. Ich halte es für Sinnvoller, mich mit ihnen vorher abzustimmen." „Das ist OK", sagte Groß.

„Leider können wir im Moment nur abwarten und das heißt, wir müssen unsere Nerven im Zaum halten." „Ich werde jetzt ins Büro fahren und mich genau mit den dort vorliegenden Aussagen beschäftigen. Außerdem werde ich ihnen Spezialisten schicken, die eventuelle Anrufe aufzeichnen. Kommissar Schmidt wird hier bei ihnen bleiben. Wir müssen es jetzt auf uns zukommen lassen."
Für Weishaus begann nun eine nervenaufreibende Wartezeit. Nach gut eineinhalb Stunden trafen die Spezialisten ein und verkabelten das Telefon. Groß hatte vorher mit dem Geschäftsführer der Verwaltung gesprochen. Stunde um Stunde verging, nichts rührte sich. Dann auf einmal, es klingelte das Telefon, Weishaus wollte schon zum Telefon springen, aber der Beamte zeigte langsam. Nach ein paar Sekunden durfte er den Hörer abnehmen.

„Ja Weishaus hier", er stockte.

„Hier auch Weishaus, Junge, was ist bloß geschehen. Ich habe vor etwa zehn Minuten einen Anruf mit folgendem Inhalt bekommen:

„Teilen sie ihrem Sohn mit, seiner Frau geht es gut (noch gut). Und wenn es so bleiben soll, dann hat er das zu tun, was wir ihm sagen, vor allem aber, soll er bleiben, wo er ist."

„Junge, sag mir, stimmt das?"

„Ja Vater, es stimmt, seit gestern Abend vermisse ich Petra.

Zu Hause halte du die Fäden in den Händen, Du bist doch ein alter Fahrensmann, wem soll ich sonst trauen?"

„OK, ich werde morgen das Nötigste im Betrieb mit deinem Prokuristen besprechen. Halt die Ohren steif und tschüss bis Morgen."

Kapitel -25-

Im Hause Laber herrschte nun große Aufregung.
Klaus und Jens waren draußen. Unglücklicher-
weise hatten beide ihr Handy vergessen mitzu-
nehmen. Den beiden Frauen kam die Zeit bis zur
Mittagspause wie eine Ewigkeit vor. Jedes Mal,
wenn das Telefon läutete, schreckten sie auf.
Doch endlich, es war so weit, Klaus und Jens kamen Heim und machten ihre Mittagspause. Die
Männer betraten die Küche und sahen gleich,
dass da etwas nicht stimmte. Vor allem Silke, sie
saß auf der am Fenster stehenden Bank und
weinte:
„Was ist geschehen Mutter", fragte Klaus sofort.
Eine Vorstellung, was wohl geschehen sein
könnte, hatte er nicht:
„Setzt euch bitte hin", sagte Elke. Es ist etwas
furchtbares Geschehen.
Silke setzte sich neben Klaus, umarmte ihn und
weinte bittere Tränen. Elke begann nun zu erzählen, was geschehen war. Während Elke erzählte,
was Silkes Vater ihr gesagt hatte, läutete wieder
das Telefon. Jens ging und nahm den Hörer.
„Ja Laber hier, was kann ich für sie tun."
Kreide bleich setzte er sich hin, dann gab er Silke
den Hörer.
„Ja Weishaus hier."

„Hören sie junge Frau, wenn sie ihre Mutter zurückhaben wollen, dann tun sie was wir ihnen sagen und bleiben sie, wo sie sind."

Die Person legte den Hörer auf. Klaus nahm Silke in seine Arme und sagte ihr:

„Komm, du musst jetzt tapfer sein, auch wir hier dürfen jetzt keine Fehler machen. Was wollte man genau von dir?" wollte Klaus jetzt wissen.

Silke sagte nur:

„Die haben mir gesagt, wenn ich meine Mutter wieder sehen will, soll ich machen was man von mir verlangt und ich soll dort bleiben, wo ich jetzt bin."

„So wie die Situation jetzt ist, würden wir dich ohnehin nicht alleine fahren lassen. Und was das Bleiben angeht, da mach dir mal keine Sorgen", ließ Elke verlauten.

Kapitel -26-

Kriminal Hauptkommissar Groß war indessen zur Polizeistation gefahren und arbeitete mit seinem Kollegen Kriminalkommissar Vetter das vorliegende Material noch einmal durch. Er brauchte noch weitere Informationen. Groß und Vetter setzten sich in den Wagen und fuhren zum Weststrand. Vom Strandkorbvermieter erfuhr er, welcher Korb an die Familie Weishaus vermietet war. Nun begann die kriminalistische Kleinarbeit. Groß und Vetter befragten zunächst die unmittelbaren Nachbarn. Wen sie auch befragten, sie bekamen die einhellige Auskunft, dass die hier am Strand liegenden, etwa alle zur gleichen Zeit gekommen sind und einen Strandkorb gemietet haben. Es gäbe lediglich eine Ausnahme und das sei der neben Weishaus stehende Korb Nr. 92. Dieser Korb sei erst seit einer Woche belegt. Heute habe man das junge nette Pärchen aber noch nicht gesehen. Groß wollte nun etwas mehr über dieses Pärchen wissen. Auch hier bekamen sie von allen die gleiche Auskunft. Es sind sehr nette Badegäste, die in ihrer Aussprache einen leichten osteuropäischen Akzent hätten. Vetter ging noch einmal zu der Badeaufsicht und erkundigte sich dort. Die Auskunft war negativ.

„Wir sind nur bis siebzehn Uhr hier", war die Antwort.

Das Gleiche hörten sie von der Dame, die den Parkplatz bewachte. Doch dann sagte sie:

„Warten sie, mir fällt gerade ein, seit einer Woche steht hier, gleich dort an der Schranke ein verdunkelter blauer VW-Bus." Sie kam aus ihrem Häuschen und zeigte mit dem Finger und sagte:

„Dort steht der Wagen immer, wenn sie hier sind."

Vetter fragte:

„Wissen sie, welches Kennzeichen das Fahrzeug hatte?"

„Leider nein", antwortete sie.

Unabhängig voneinander ließ Hauptkommissar Groß drei Korbnachbarn ins Polizeigebäude kommen, um dann mit ihnen ein Phantombild anfertigen zu lassen. Von dieser Maßnahme versprach er sich einiges.

Dr. Weishaus sen. Setzte sich unmittelbar nach dem Gespräch, das er mit seinem Sohn hatte, mit Dr. Kleinert, dem Prokuristen in Verbindung. Beide besprachen die Situation und sie kamen überein, dass dieser Sachverhalt auf keinen Fall im Betrieb bekannt werden dürfe. Der Senior hatte natürlich von der neuen Entwickelung Kenntnis und hielt es daher für notwendig, sich mit dem LKA in Verbindung zu setzten. Hier schaltete man sehr schnell. Es wurde unter der Leitung des LKA eine Sonderkommission gebildet, mit der Zentrale in Dortmund. Ab sofort liefen nun alle Fäden hier zusammen. Die Leitung dieser Kommission wurde Hauptkommissar beim LKA Ferdinand Köstel, ein alter Haudegen, übertragen. Er hatte schon viele große Einsätze geleitet. Von seinen Kollegen und Mitarbeitern wurde er auch nur hochachtungsvoll der „Fuchs" genannt. Er veranlasste, dass drei Schwerpunkte gebildet werden. Westerland, Verden an der Aller und der Wohnsitz Lünen, waren die Stationen:

„Ob noch eine vierte Station hinzukommt, muss abgewartet werden. Sicher ist nur, dass wir es hier mit Profis der höchsten Spielklasse zu tun haben", sagte er.

Damit alle leitenden Kommissare der drei Stationen den gleichen Kenntnisstand haben, sollten sie mit dem Flugzeug am anderen Tag nach Westerland kommen. Außerdem veranlasste er, dass alle Stationen mit dem neuesten und modernsten Gerät ausgestattet sind. Köstel kam am Morgen mit der ersten Maschine. Bevor auch nur der erste Badegast kommen konnte, war Köstel am Strand und schaute sich den Ort des Geschehens an. Am Parkplatz sah er, hier gibt es keine Spuren mehr. Der Strandkorb, so erfuhr er später, war noch für eine Woche an das Pärchen vermietet. Sicherheitshalber ließ er ihn sicherstellen und schickte die Spurensicherung raus. Dann traf er sich in der Polizeistation mit den Kommissaren und sprach mit ihnen alles Notwendige durch. Anschließend machte er sich mit den ihnen auf den Weg ins Appartement von Herrn Weishaus. Sie läuteten und Weishaus öffnete die Tür:

„Guten Morgen Herr Weishaus, mein Name ist Köstel, ich bin vom LKA und auch der Leiter der Sonderkommission. Herrn Groß kennen sie ja bereits und das sind die Herren Hauptkommissare Müller aus Bremen und Schulze aus Dortmund. Diese Herren leiten die jeweiligen Stützpunkte. Nun ist ihnen in der Zwischenzeit noch etwas eingefallen, was sie uns noch sagen könnten?"

„Ja, zwei Punkte hätte ich. Mein erster Schachgegner trug weiße Handschuhe und am Tage vor unserer Abreise nach Sylt, so erzählte meine Frau, sei hier ein junger Mann gewesen und habe um uns herum alles fotografiert. Sie sagte noch, ich bin wohl auch auf den Bildern. Das war auch der Grund, warum wir meine Eltern gebeten haben, während unserer Ferien in unserem Hause zu wohnen. Wir wollten nicht, dass das Haus leer steht. Mehr kann ich ihnen nun wirklich nicht mehr sagen. Ich habe mir schon den Kopf zerbrochen, doch ohne Ergebnis. Ich hoffe, ihnen damit geholfen zu haben." „

Das wird sich noch herausstellen, wir müssen Stein für Stein zusammentragen und dann weitersehen. Ich sage es ihnen auch noch einmal, wir haben es hier mit Profis der höchsten Spielklasse zu tun, und können nur hoffen, dass die Entführer bald ihre Forderungen stellen, dann wissen wir wenigstens, woran wir sind und können eine Strategie entwickeln."

Einige Augenblicke waren vergangen, Köstel ging hinaus auf den Balkon, er schaute aufs Meer:

„Ja", sagte er, „hier kann man den Urlaub genießen."

Es läutete das Telefon. Einen Moment wartete Weishaus, dann hob er den Hörer ab:

„Ja Weishaus hier."

„Polizeiobermeister Vietjen, kann ich bitte Herrn Köstel haben."

Weishaus gab den Hörer dem Herrn Köstel:

„Für sie, die Polizeistation, Herr Vietjen."

„Ja Köstel", meldete er sich.

„Herr Hauptkommissar, ich habe soeben die Nachricht bekommen, dass das von uns gesuchte Fahrzeug gefunden wurde, die Insassen, zwei junge Männer, hatten das Fahrzeug gestohlen. Als sie mit dem Wagen in eine Polizeikontrolle auf der B5 vor Kyritz gerieten, flüchteten sie über einen Feldweg. Die Polizei folgte ihnen. Plötzlich blieb das Fahrzeug stehen, die jungen Männer verließen den Wagen und flüchteten zu Fuß weiter. Kurz danach flog der Wagen in die Luft und brannte restlos aus. Ein Mercedes 500 mit einem Dortmunder Kennzeichen. Zuschaden kam niemand, das ihnen folgende Polizeifahrzeug hatte bereits das Fluchtfahrzeug passiert. Die beiden jungen Männer konnten unmittelbar danach gestellt werden. Zurzeit werden sie noch von der Kripo vernommen. Der jetzige Kenntnisstand deutet aber darauf hin, dass sie den Wagen gestohlen hatten, um eine Spritztour zu machen. Getrennt voneinander haben beide in der noch andauernden Vernehmung ausgesagt, dass der Mercedes nicht verschlossen gewesen sei, als sie ihn auf dem Parkplatz stehen sahen. Der Wagen wird zur KTU nach Potsdam gebracht."

Köstel bedankte sich, bat aber im gleichen Atemzug darum, ihm die Vernehmungsprotokolle, sowie das Ergebnis der kriminaltechnischen Untersuchung sofort zu übermitteln. Er werde dann entscheiden, ob er sich persönlich das Fahrzeug ansehen wird und gegebenenfalls mit den vorübergehend festgenommenen Dieben noch sprechen will.

Kapitel -27-

Im Appartement herrschte nun eine eigenartige Stille. Abwarten war angesagt. Niemand konnte voraussagen, was wohl als Nächstes auf sie zukommen würde. Köstel war in sich gegangen und betrat den Balkon, dort stehend schaute er hinaus aufs Meer und ließ sich vom Meeresrauschen inspirieren. Seine Gedanken wanderten von einer Möglichkeit zur anderen. Er hatte es nicht gerne, wenn man ihn überraschte. Überzeugt davon, hier auf dieser wunderschönen Insel am wenigsten tun zu können, durchfuhr ihm der Gedanke, wieder zurück nach Dortmund zu gehen. Plötzlich drehte er sich um und ging wieder ins Zimmer, er schaute in die angespannten Gesichter und sagte:

„Meine Herren, ich bin davon überzeugt, dass alles, was bis jetzt geschehen ist, uns nur in die Irre führen soll. Die Lösung müssen wir in Dortmund suchen. Das bis zur Stunde Geschehene. Die Entführung auf Sylt, die Kenntnis, dass sich die Tochter in Verden an der Aller aufhält, das Abstellen des Wagens auf einen abgelegenen Parkplatz, und der Anruf im Hause Weishaus, wurde von langer Hand vorbereitet. Dieses bedurfte Insider Kenntnisse. Ich wette, am Wagen war eine Zeitbombe angebracht, um Spuren zu vernichten. Die Diebe müssen uns dafür dankbar sein, dass sie noch leben. Gewiss werden wir Sylt und Verden aufrecht halten. Sie sollen glauben, wir suchen und ermitteln an drei Stellen."

Aufmerksam folgten die Anwesenden den Worten des Kommissars. Köstel schaute in die Runde und fuhr fort:

„Ich werde mit Ihnen Kollege Müller und mit Ihnen Kollege Groß, noch im Einzelnen die Vorgehensweisen im Büro besprechen."

Die Kommissare Müller und Schulze verabschiedeten sich und fuhren wieder zur Polizeistation.

Weishaus war es gewohnt, Probleme zu lösen und mit Stresssituationen umzugehen. Auch er folgte aufmerksam den Worten des Herrn Köstel. Doch heute stand er vor anderen Problemen. Auch der Stress war ein anderer. Weishaus wurde auch zunehmend nervöser, was Kommissar Köstel nicht verborgen blieb. Nachdem die beiden Kollegen gegangen waren, nahm er sich Weishaus zur Seite:

„Ich verspreche es Ihnen", sagte er „wir werden nichts unternehmen, was Ihrer Frau schaden könnte. Es hängt aber davon ab, wie gut wir aufeinander abgestimmt sind und vor allem, dass wir uns gegenseitig vertrauen. Nun müssen sie mir aber noch einiges über ihren Betrieb und ihre Produkte erzählen und mir auch noch einige andere Fragen beantworten."

„Wie ich Herrn Groß schon gesagt habe, führe ich unser Unternehmen bereits in der dritten Generation. Etwa fünfhundert Mitarbeiterinnen und Mitarbeiter sind bei uns in Arbeit. Davon sind über fünfundsiebzig Prozent inzwischen über zehn Jahre und einige sogar über zwanzig Jahre bei uns beschäftigt. In den letzten zwanzig Jahren hat sich unser Unternehmen auf die Herstellung von elektronischen Geräten spezialisiert. Im Vordergrund stehen unsere neuartigen und bahnbrechenden Entwickelungen auf dem Gebiet der Navigation. Bahnbrechend deshalb, weil wir den optimalen Weg zwischen Hardware und Software gefunden haben. Wir sind heute dazu in der Lage, bis auf einen Quadratmeter genau, das Ziel zu bestimmen. An dieser Entwickelung ist nicht nur die Automobilindustrie interessiert."

Köstel hörte aufmerksam zu und machte sich seine Notizen. Einen Augenblick überlegte Köstel, dann sagte er:

„Ich gehe mal davon aus, dass sie patentrechtlich abgesichert sind?"

Weishaus nickte mit dem Kopf und fügte hinzu:

„Ja, es ist alles in trockenen Tüchern.

Das Telefon läutete, aufgeschreckt wollte Weishaus den Hörer abnehmen. Kommissar Schmidt, der für die Telefonaufzeichnungen verantwortlich ist, sagte langsam und machte mit der Hand die entsprechende Bewegung. Er schaltete sein

Gerät ein und Weishaus konnte den Hörer abnehmen. Weishaus zitterte am ganzen Körper:

„Ja Weishaus", so meldete er sich.

„Hier auch Weishaus, hallo Papa, ich bin es, Marcus. Ich bin auf dem Wege nach Hause. Ab dem Flughafen Düsseldorf hat man mir eine nette und auch hübsche Begleiterin zur Seite gestellt. Ich bin also in guten und sicheren Händen. Also mach dir keine Sorgen. Nur noch eine Frage: „Wie sieht es bei dir aus, hat sich schon etwas getan?"

Weishaus atmete erleichtert auf:

„Leider nein, auch wir sitzen hier und warten darauf, dass sich jemand meldet. Es zehrt gewaltig an die Nerven. Fahr du nach Hause und stehe dem Opa zur Seite und grüß ihn von mir."

Kapitel -28-

Drei Tage und drei Nächte waren in der Zwischenzeit vergangen. Die nervliche Anspannung hatte den Höhepunkt erreicht. Hauptkommissar Köstel, der nun wieder seine Tätigkeit in Dortmund aufnahm, stattete zunächst dem Senior in der Weishaus Villa einen Besuch ab. Auch Köstel war beeindruckt, als er das Anwesen der Familie sah. Er fuhr mit seinem Wagen, ein alter Opel Kommodore, der mit neuestem Gerät ausgestattet war, vor das schmiedeeiserne Tor, stieg aus und läutete. Auf die aus dem Lautsprecher zu hörende Frage, wer dort sei, nannte Köstel seinen Namen und das Tor öffnete sich. Er fuhr hinein und stellte seinen Wagen vor einem Garagentor, direkt neben dem dort schon parkenden Auto. Köstel wollte gerade zur Haustür gehen, als ihm ein etwa vierzig-bis fünfundvierzigjähriger Mann entgegen kam. Freundlich ging dieser auf Köstel zu, gab ihm die Hand und sagte:

„Hallo, Baumann ist mein Name, ich bin der Bruder der Entführten."
Ging zu seinem Auto und fuhr fort. In der Zwischenzeit öffnete der Senior die Haustür und begrüßte den bereits avisierten Kommissar:

„Hallo Herr Köstel, ich begrüße sie, bitte treten sie ein."

86

Der Kommissar grüßte freundlichst zurück und betrat die Weishaus Villa. Ohne Worte folgte er dem Senior und ließ seine Blicke schweifen. Was er nun sah, beeindruckte ihn schon sehr.

„Kommen sie", sagte der Senior und führte Köstel in den Salon.

Das Mobiliar in Mahagoni vom Feinsten und schweren Klubsesseln, die auf einen Teppich von höchster Qualität standen. Aber genau hier hatte sich sein Team, um Anrufe aufzuzeichnen, niedergelassen und die Geräte aufgebaut. Mit einem „Guten Morgen", betrat er den Salon. Dann ergriff der Senior das Wort, zeigte auf den bei den Technikern stehenden jungen Mann und sagte:

„Herr Köstel, darf ich ihnen vorstellen, Marcus mein Enkel und der Sohn des Hauses." Köstel gab ihm die Hand und mit den Worten:

„Ja dann auf eine gute Zusammenarbeit", war die Begrüßung beendet.

Kapitel - 29 -

Es war schon nervenaufreibend, wie die Entführer sich verhielten. Das Warten stellt alle Beteiligten auf eine harte Geduldsprobe. In den vergangenen drei Tagen hatte Silke das Haus nicht mehr verlassen. Immer bereit, das Gespräch anzunehmen, saß sie im Wohnzimmer und wartete. Hauptkommissar Müller, der den Verdener Stützpunkt leitete, wirkte beruhigend auf alle ein. Er war fünfundfünfzig Jahre alt und hatte auch schon so manche Schlacht geschlagen. Es war Sonnabend, Elke Laber hatte für alle das Frühstück gerichtet. Jens und Klaus waren wie immer, draußen auf dem Felde. Man wollte, dass zu früheren Tagen kein Unterschied zu merken war. Ausgerüstet mit ihren Handys und einem Feldstecher, machten sie ihre Arbeit. Gegen neun Uhr dreißig kamen sie Heim, um wie immer, das Frühstück einzunehmen. Das Telefon läutete, nach einem Zeichen nahm Elke den Hörer ab und meldete sich:

„Ja Laber hier", dann sprach sie mit dem Anrufer. Nachdem sie den Hörer aufgelegt hatte, sagte sie:

„Es war ein Kunde." Silke hatte schon gar keine Tränen mehr, so oft musste sie Weinen:

„Es ist schon grausam, dass wir gerade in dieser Situation so auseinandergerissen sind", sagte sie.

Wenn sie glaubte, es nicht mehr aushalten zu können, bat sie immer darum, dass jemand mit Ihr zu den Pferden ging, um sich dann bei ihrem Meteor auszuweinen. Bei der Familie Laber waren natürlich alle Vorhaben und alle Planungen in dieser Zeit auf Eis gelegt. Am Abend, Silke saß am Fenster auf ihrer Bank und schaute hinaus. Sie sah, dass sich Klaus und der Kommissar unterhielten. Es war ein wunderschöner Sommerabend. Nach dem Gespräch kam Klaus in die Küche, schaute Silke an und sagte:

„Komm Schatz, wir dürfen für eine Dreiviertelstunde ausreiten."

Das Wörtchen Schatz war ihm so rausgerutscht, was auch Elke bemerkte.

„Jens reitet mit" sagte er, „es kann nichts passieren."

Mit eiligen Schritten lief sie zu ihrem Meteor und sattelte ihn. Es war für Silke eine wunderbare Abwechselung. Am anderen Tag, es war Sonntag so gegen dreizehn Uhr und wieder läutete das Telefon, jedoch war es dieses Mal Silkes Handy.

„Ja Silke Weishaus hier."

Dann hörte sie wie der Anrufer sagte:

„Fräulein, morgen zweihunderttausend Euro, ohne Polizei. Wir melden uns." Dann hörte sie noch, wie ihre Mutter sagte:

„Schatz tu, was die sagen."

Danach wurde das Gespräch abgebrochen. Weiß wie ein Kalkeimer und nicht fähig auch nur einen Ton zu sagen, saß sie nun auf ihrem Stuhl. Schnell brachte Elke ihr einen Cognac,

„Hier Mädchen trink, der belebt."

Silke nahm den Cognac.

„Der Erste in meinem Leben", sagte sie, trank und schüttelte sich mächtig.

Hauptkommissar Müller setzte sich nun zu ihr:

„Nun erzählen sie mal, was haben die ihnen gesagt?"

Noch ganz im Bann dieser Nachricht sagte sie:

„Die melden sich wieder. Sie wollen zweihunderttausend Euro haben und keine Polizei. Dann hörte ich noch, wie meine Mutter sagte, Schatz tue, was die sagen. Dann hat der Anrufer aufgelegt.

„OK", sagte der Kommissar, „jetzt wissen wir wenigstens, was sie wollen und vor allem, dass die Mutter lebt. Haben sie vielleicht die Stimme erkannt?"

Einen Augenblick überlegte Silke, dann sagte sie:

„Nein, er sprach so, als sei er ein Ausländer."

Hauptkommissar Müller setzte sich umgehend mit Köstel in Verbindung und berichtete, was geschehen war. Natürlich versuchte er anschließend über den Netzbetreiber, etwas zu erfahren.

Leider ohne Erfolg. Es war Sonntag und an solchen Tagen arbeitet nur eine Notbesetzung.

Zur gleichen Stunde in Westerland auf Sylt. Sonntag 13 Uhr 30, Helmut Weishaus lief in seinem Zimmer hin und her. Das Warten hinterließ Spuren. Die Stimmung unter den Anwesenden war angespannt und gereizt. Ein falsches Wort und die Situation hätte eskalieren können. Doch dann, es läutete das Telefon, jedoch auch wieder das Handy des Herrn Weishaus. Er meldete sich:

„Weishaus", einen Augenblick hörte man nichts. Dann eine Stimme

„Hören sie, morgen zweihunderttausend Euro, keine Polizei, sonst Frau tot, wir melden uns." Ehe Weishaus auch nur einen Ton sagen konnte, hatte der Anrufer aufgelegt. Auch Kommissar Groß vernahm, was genau gesagt wurde, um dann Köstel zu informieren.

Kapitel - 30 -

Im Hause der Familie Weishaus verlief an diesem Sonntag noch alles verhältnismäßig ruhig. Der Senior war nun doch schon um einige Jahre älter und daher bemüht, in der Mittagszeit zu ruhen. Im Hause bemühte man sich, Lärm zu vermeiden. Leider wurde an diesem Tage die Ruhe durch die eingehenden Berichte der Herren Müller und Groß gestört. Auch die Vernehmungsprotokolle der vorübergehend festgenommenen Autodiebe waren per Fax eingegangen. Die KTU sandte auch per Fax einen Zwischenbericht, der bestätigte, dass eine Zeitbombe am Fahrzeug angebrachte war. Köstel war nun davon überzeugt, eine vorläufige Strategie entwickeln zu können. Mit Hauptkommissar Schulze, der ihm auch die Faxe gebracht hatte und den anderen Anwesenden setzte er sich nun zusammen und begann eine erste Strategie zu entwickeln. Es läutete, Marcus ging und öffnete das Tor. Hajo Baumann, der Bruder der Entführten kam:

„Gibt es etwas Besonderes und wie geht es Petra?", fragte er und setzte sich zu ihnen.

„Bevor ich aber mit meiner Theorie beginne", sagte Köstel, möchte ich mir, zusammen mit Herrn Schulze noch einige äußere Gegebenheiten ansehen. Kommen sie, es sind nur fünf Minuten."

Die beiden Kommissare standen auf und gingen nach draußen. Falls er vom Fenster aus beobachtet werde, machte er Handbewegungen in verschiedenen Richtungen und ging zum schmiedeeisernen Tor. Nun war er so weit vom Hause entfernt, dass ihn niemand mehr hören konnte:

„Schulze, nun mein Anliegen. Lassen sie mir den Baumann nicht mehr aus den Augen, ich glaube, mit dem stimmt etwas nicht, beweisen kann ich noch gar nichts. Lassen sie uns keine Zeit verlieren, beginnen sie sofort. Das da drüben ist sein Wagen. Ich werde ihnen schon unauffällig die Möglichkeit, in ihrem Wagen zu telefonieren, verschaffen."

Sie gingen wieder ins Haus und setzten sich zu den anderen Anwesenden. Köstel ergriff nun das Wort:

„Nun meine Herren, ich sage nichts Neues, wenn ich darauf hinweise, dass wir Stein für Stein zusammentragen müssen. Ich habe nun mit jedem der hier Anwesenden gesprochen und mir deren Einschätzung angehört. Nicht ganz, Herr Baumann, sie waren ja jetzt auch schon einige Male hier und haben doch so manches mit bekommen. Wie schätzen sie die Situation ein? Was glauben Sie, was sollte mit dem Sprengsatz bewirkt werden?"

Köstel blätterte im KTU-Bericht herum, dann sagte er,

„Schulze ich glaube, hier fehlt eine Seite, schauen sie doch noch einmal nach, ob sie noch etwas im Wagen liegen haben."

Bevor Baumann nun auf die ihm gestellten Fragen antworten konnte, sagte Schulze.

„Ich glaube nicht, dass in meinem Wagen noch etwas liegt, aber ich gehe gerne nachsehen." Er stand auf und entfernte sich. Köstel entschuldigte sich in der Runde und meinte, dass er dieses auch hätte vorher feststellen müssen. Dann erteilte er dem Herrn Baumann das Wort:

„Nun ja", sagte Baumann, „von dieser Situation wird wohl jeder in der Familie betroffen sein und so seine Ängste und Befürchtungen haben. Und wenn es am Auto eine Bombe war, dann doch nur deshalb, um Spuren zu beseitigen."

Köstel hörte aufmerksam zu. Hauptkommissar Schulze, der um zu telefonieren zu seinem Wagen gegangen war, kam wieder zurück und vermeldete, dass er auch mit seinem Büro telefoniert habe. Dort habe man ihm gesagt, ein Fax sei noch nach seinem Verlassen des Büros gekommen und läge auf seinem Schreibtisch. Köstel hatte einen Plan:

„Meine Herren", sagte er, „jeder bekommt nun seine Aufgabe."

Er schaute den Senior an und sagte:

„Herr Weishaus, sie werden sich morgen mit der Bank in Verbindung setzen und für die Bereitstellung der Gelder sorgen."

Dann bot sich Baumann an, wenn es gewünscht werde, stehe er auch zur Verfügung. Ein Anruf genüge.

„Und wir", fuhr Köstel fort und schaute den Kollegen Schulze an, wir werden die Übergabe des Geldes vorbereiten, wobei ich den Schwerpunkt auf Verden an der Aller legen werde." Hier nach verabschiedete sich Baumann und verließ die Runde. Im Nachhinein bemerkte Weishaus noch, dass es sich bei Herrn Baumann um den Stiefbruder seiner Schwiegertochter handele und dass die Bindung zu ihr, noch nie so Groß wie nach der Entführung gewesen sei.

Kapitel -31-

Auch die beiden Kommissare verließen die Villa und fuhren in die Dortmunder Zentrale. Dort angekommen erkundigte man sich zuerst, ob die per Telefon gegebene Anweisung, Baumann zu beschatten, in die Wege geleitet wurde. Die Antwort war positiv. Laut erstem Zwischenbericht ist Baumann nach dem Verlassen der Weishaus Villa, direkt zu seiner Wohnung gefahren. Im Augenblick beobachte man die Wohnung. Köstel saß an seinem Schreibtisch, er überlegte und setzte die gewonnenen Mosaiksteine Stück für Stück zu einem Puzzle zusammen. Dann schaute er in die Runde seiner Mitarbeiter:

„Meine Herren, wir stehen zwar am Anfang unserer Ermittelungen und dennoch bin ich davon überzeugt, den richtigen Ansatz gefunden zu haben. Es sind in der Vergangenheit zu viele Dinge passiert, von denen nur ein Insider Kenntnis haben konnte", sagte er und stellte die Fragen a:

„Wer wusste, dass zu diesem Zeitpunkt die Familie so auseinandergerissen sei?"

B:

„Wer kannte die Aufenthaltsorte?" Und vor allem c:

„Wer kannte die Handynummern der privaten Handys?"

„Diese Fragen", so fuhr er fort", und die Bemerkung des Herrn Weishaus Sen, Baumann habe kein gutes Verhältnis zu seiner Stiefschwester gehabt, brachten mich auf diesen Weg."

Per Telefon setzte er sich mit den Herren in Westerland und in Bremen in Verbindung und besprach mit ihnen die Einsatzpläne für den Fall, dass die Geldübergabe doch bei ihnen stattfinden werde. Er wollte nichts dem Zufall überlassen. Außerdem war es seine Überzeugung, dass die geforderten Summen in Westerland und in Verden, nur eine Ablenkung waren. Die Summe war zu gering. Doch dann plötzlich, in der Wohnung von Baumann bewegte sich etwas. Die beiden Kriminalbeamten im Auto sahen, wie zwei dunkle Gestalten das Haus betraten und dann in Baumanns Wohnung wieder zu sehen waren. Sie meldeten sich in der Zentrale und berichteten. Köstel gab die Anweisung, nicht einzugreifen und falls er die Wohnung verlässt, ihm zu folgen. Es dauerte auch nur einige Minuten und die zwei Männer verließen in Baumanns Begleitung das Haus und stiegen in ihren Wagen. In seiner Wohnung brannte aber immer noch das Licht. Unauffällig folgten sie und meldeten, dass die Fahrt in Richtung Dortmund gehe. Auf die Frage, ob man das Kennzeichen erkennen könne, antworteten sie nein. Die Entfernung zum Fahrzeug sei zu Groß. Man werde aber versuchen, sich bei der nächsten Ampel zu nähern. Was ihnen auch gelingen sollte. Das Kennzeichen konnten sie aber wegen der starken Verschmutzung nicht erkennen. Köstel gab noch einmal die Anweisung, auf keinen Fall einzugreifen. Im Vordergrund stehe das Wohlbefinden der Entführten. Es dauerte nur noch einige Minuten und sie hatten die Dortmunder Innenstadt erreicht. Vor der „Coco-Bar" blieb das Fahrzeug stehen, zwei Männer stiegen aus und der Wagen setzte sich gleich wieder in Bewegung und verschwand. Von der Zentrale wurde den Beamten aufgetragen, einen Augenblick zu warten und sich dann ganz unauffällig in der Bar umzusehen. Dass sich nun alles dem Höhepunkt näherte, merkte man jedem an. Nur Köstel, der Fuchs, saß gelassen an seinem Schreibtisch und ließ alles an sich vorüberziehen. Nach gut drei Stunden meldeten sich die Beamten wieder und berichteten, dass sich Baumann noch in der Bar aufhält und kurz mit einem sehr gut gekleideten Herrn gesprochen hat. Dieser Mann ist etwa fünfzig Jahre alt, trage einen gepflegten Vollbart und habe mittelblonde Haare. Außerdem sei ihnen aufgefallen, dass er leichte Sommerhandschuhe trage: „Das ist unser Mann", sagte der Fuchs und fuhr fort „Weishaus berichtete uns, dass er in Westerland mit einem sehr gut gekleideten Herrn, der weiße Sommerhandschuhe trug, Schach gespielt habe. Ferner wissen wir, dass Frau Weishaus dieses positiv auffallende Paar als Strandkorb Nachbarn hatte. Ich vermute sogar, von den zwei Männern, die Baumann abgeholt haben und in die „Coco-Bar" brachten, war eine Person eine Frau. Der Kreis scheint sich zu schließen. Eines jedoch können wir jetzt schon sagen, in den nächsten zwei Tagen werden wir uns über zu wenig Arbeit nicht beschweren."

Kapitel - 32 -

Der folgende Tag kam. Hauptkommissar Schulze setzte sich noch einmal mit seinen Kollegen in Westerland und Verden in Verbindung und besprach mit ihnen den aktuellen Stand der Ermittlungen. Der Fuchs hingegen setzte sich mit dem Staatsanwalt in Verbindung. Er benötigte noch die Durchsuchungsbescheide für die Bar und für die Baumann Wohnung. Von der Bank wollte er wissen, ob auch die infrage kommenden Filialen vorbereitet seien, größere Summen auszuzahlen. Anschließend begab sich Köstel wieder in die Weishaus Villa. Dort informierte er den Senior des Hauses und den Enkel über die aktuellen Recherchen und berichtete, welche Vorbereitungen er bereits getroffen habe. Über die Staatsanwaltschaft wurde veranlasst, dass die Telefone der „Coco-Bar" und das des Herrn Baumann abgehört werden. Außerdem stehen Baumann und die Bar unter ständiger Beobachtung. Entsetzt nahmen Senior und Enkel die neuen Tatbestände zur Kenntnis. Dann erläuterte ihnen der Fuchs sein weiteres Vorgehen:

„Ich gehe davon aus", sagte er, dass die Entführer an uns eine neue Forderung stellen. Und zwar in einer Größenordnung von zwei bis drei Millionen Euro. Damit sie sich in ihrem Alter keiner zusätzlichen Gefahr aussetzen, spielen sie den

Kranken und bieten an, dass das Lösegeld von Herrn Baumann, der ja schließlich der Bruder sei, überbracht werde und dass sie vorher ein Lebenszeichen ihrer Schwiegertochter benötigen." Wir werden die Entführer mit eigenen Waffen schlagen. An allen drei Orten herrschte eine gespenstische Ruhe. Wer wird wohl zuerst angesprochen? Diese Frage stellte sich nun jeder. Helmut Weishaus in Westerland lief in seinem Apartment hin und her, so hoffte er sich Entspannung zu verschaffen. Es läutete das Telefon, einige Sekunden musste er warten, dann konnte er den Hörer abnehmen:

„Ja Weishaus hier."

„Ja und hier ist Dr. Kleinert, ich grüße sie. Herr Weishaus, wir haben den Durchbruch geschafft! Die ersten Versuche waren nicht nur gut, sie waren atemberaubend. Die von uns gewünschte Genauigkeit wurde zu hundert Prozent erreicht. Ein Gewaltakt rund um die Uhr machte es möglich. Ich habe schon veranlasst, dass die Unikate ihrem Herrn Vater übergeben werden. Um keine Zeit zu verlieren, habe ich ihr Einverständnis vorausgesetzt."

„Herr Dr. Kleinert, ich danke ihnen!"

Weishaus hatte jetzt nichts Eiligeres zu tun, als seinen Vater anzurufen und ihm diese freudige Botschaft zu übermitteln. Nur wenige Minuten später läutet es in der Villa. Marcus ging zum

Tor und öffnete. Der Leiter der Entwickelungs-abteilung Dipl.-Ing. Herbst, überbrachte die ersten Unikate. Köstel begutachtete sie. Die Unikate waren so Groß wie ein zwanzig Cent Stück, nur wesentlich leichter, grau und unscheinbar.

„Mit denen hat man ja ungeahnte Einsatzmöglichkeiten, ließ er verlauten." Herbst erläuterte nun, wie diese Chips eingesetzt werden können: „Jetzt kriegen wir sie mit Mann und Maus", sagte der Fuchs und fragte weiter.

„Hat Baumann hiervon Kenntnis?"

„Nein, dieses Produkt wurde unter strengster Geheimhaltung entwickelt."

Kapitel -33-

Alles war vorbereitet, man wartete nur noch auf den Anruf. Doch der kam nicht! Stunde um Stunde verging.

„Es läutet", sagte der Senior.

Marcus ging zur Sprechanlage und fragte, wer dort sei?

„Hajo hier", war die Antwort. Der Fuchs beorderte den Senior gleich in die obere Etage und Marcus öffnete das Tor. Baumann kam, grüßte und fragte gleich:

„Habt ihr schon etwas von Petra gehört?"

„Nein", sagte Marcus.

Köstel ging auf und ab. Es sollte den Anschein haben, er sei sehr nervös. Doch dann wandte er sich an Baumann und fragte.

„Wir können doch auf sie zählen, wo nun der Senior erkrankt ist?"

„Wie ich schon gesagt habe, wenn sie meine Hilfe benötigen, rufen sie mich an."

Der Fuchs lächelte und sagte:

„Willkommen in Verden oder auf Sylt!"

Gut zwanzig Minuten blieb Baumann im Hause Weishaus, dann verabschiedete er sich mit dem Hinweis, er habe noch einen Termin bei seinem Arzt. Baumann hatte das Anwesen verlassen:

„Dann schauen wir mal, was er jetzt macht. Ich Wette, er fährt zur Bar. In einer halben Stunde wissen wir mehr."

Nachdem zu erkennen war, wohin Baumann fährt, informierte man die sich in der Nähe der Bar aufhaltenden Beamten. Zu dieser Uhrzeit hatte die Bar natürlich noch nicht geöffnet. Baumann kam und hielt mit seinem Wagen ca. dreißig Meter vor der Bar. Er stieg aus und verschwand in den dortigen Hauseingang. Köstel bekam hiervon Meldung. Er ordnete an, sich einmal den Eingang anzuschauen und wenn es geht, einmal zu überprüfen, ob es eine Verbindung über den Hof zur Bar gibt. Außerdem möchte er die an der Sprechanlage stehenden Namen haben. Nach gut einer Stunde und zwanzig Minuten verließ Baumann wieder das Haus, setzte sich in seinen Wagen und fuhr fort. Die Beamten folgten und meldeten, dass er wieder nach Hause gefahren sei. Die zur Beobachtung der Bar abgestellten Kommissare bekamen nun Ablösung, eine Kollegin und ein Kollege. Sie meldeten sich und fragten nach, ob außer der bereits bekannten Anweisung, noch etwas zu tun sei. Ja sagte Köstel, versuchen sie ins Haus zu gelangen und schauen sie sich um, aber sind sie sehr vorsichtig. Den Anweisungen folgend, gingen sie zum Haus. Sechs Namen waren zu lesen. Die Kollegin wollte gerade bei einer Familie läuten, als

104

sich die Tür öffnete und ein Pärchen das Haus verlassen wollte.

„Bitterschön", sagte die junge Frau in einem gebrochenen Deutsch und hielt die Tür auf.

Die Kriminalistin bedankte sich und beide gingen ins Haus hinein. Zuerst wollten sie feststellen, ob es einen Übergang zur Bar gibt. Leider war die Tür zum Hinterhof verschlossen. Der junge Mann machte sich an der Tür zu schaffen und stieß dabei einen Eimer um, was natürlich ziemlichen Lärm machte. Es öffnete sich in der ersten Etage eine Tür … es war still. Dann machte die Person Bewegungen, als käme sie hinunter. Beide erkannten sofort die Situation und täuschten einen leidenschaftlichen Sex vor. Sie stöhnte, als habe sie gerade in diesem Augenblick ihren Orgasmus. Sie hörten noch, wie gerade eine andere Männerstimme fragte, was ist da? Die auf der Treppe stehende Person drehte sich und sagte im Hineingehen, da Ficken wieder welche, und machte die Tür hinter sich zu. Sie atmeten auf, das ist noch mal gut gegangen. Von ihrem Wagen aus berichteten sie dann, was ihnen widerfahren ist. Als der Fuchs von dem aus dem Haus kommenden Pärchen und dem bitterschön hörte, ordnete er gleich an, dass dieses Pärchen durch ein anderes Pärchen abgelöst werde und sie sofort zur Villa Weishaus kommen sollten.

-34-

Köstel legte den beiden die in Westerland ge-
machten Phantombilder vor und bat, sich diese
Bilder genau und in aller Ruhe anzusehen. Die
Kriminalbeamtin brauchte nicht lange, sie sagte
gleich,

„Ich lege meine Hand ins Feuer, das ist die Frau
und auch der Mann."

„Ich danke ihnen, sie haben gute Arbeit geleis-
tet", sagte er und fuhr fort, „wir können jetzt zu-
sammenfassen.

„Die Entführer sind uns bekannt. Die Räum-
lichkeiten, in denen sich wohl alles abgespielt
hat, sind uns ebenfalls bekannt. Den Informati-
onsgeber kennen wir auch. Man könnte die
Bande eigentlich hochgehen lassen, wenn uns
nicht das Wichtigste fehlen würde, der Aufent-
haltsort der Entführten. Ich bin überzeugt, das
Pärchen wird uns zu ihr führen. Frau Weishaus
war von Anfang an in der Gewalt dieses Pär-
chens. Fahren sie beide wieder zurück, zeigen sie
ihrer Kollegin bzw. ihrem Kollegen diese Phantombilder. Wenn dieses Pärchen wieder auftau-
chen sollte, dann sollen sie dieses Paar nicht
mehr aus den Augen lassen. Sie beide übernehmen dann die Arbeit vor Ort. Ich werde jetzt
auch noch mit ihrer Kollegin und mit ihrem Kollegen sprechen."

Langsam neigte sich der Tag seinem Ende zu. Die Sonne war untergegangen und die Dunkelheit bahnte sich ihren Weg. Von den Leuchtschriften erhellt, konnte man das Treiben auf den Straßen gut beobachten. Es herrschte ein reger Verkehr. Baumann fuhr als Erster vor, nahm aber nicht den Eingang zur Bar, sondern ging in das bereits am Nachmittag aufgesuchte Haus. Es dauerte nicht lange und das Sylter Pärchen kam auch vorgefahren. Am Hauseingang hatte sich das Kriminalpärchen als Liebespaar postiert und beobachtete, welcher Klingelknopf gedrückt wurde. Es war die erste Etage rechts. Das Pärchen schaute sich an und lächelte, als es das schmusende Kriminalpärchen mit ihren Blicken streifte. Aus der Sprechanlage hörte man ein Ja, worauf sie sich mit Irena meldete.

Der Türöffner summte und das Pärchen ging hinein. Der junge Kriminalbeamte griff schnell in seine Hosentasche, nahm sein Feuerzeug, und bevor die Tür ins Schloss fallen konnte, legte er es zwischen Tür und Rahmen. Nun hatten sie auch die Möglichkeit, ins Haus zu gehen. Leise schlichen sie sich die Treppe hinauf und lauschten. Die Tür war fest verschlossen, zu hören war nichts. Ein Schild war an der Tür „Pjotr Krakowiak". Plötzlich hörten sie Stimmen, als wollte jemand die Wohnung verlassen. So schnell es ging, eilten sie die Treppen hinunter. Die Haustür fiel ins Schloss und sie standen auf dem Trottoir. Es kam aber niemand! Nun schauten sie sich den Wagen an, ein Mercedes. Um nichts Verdächtiges zu hinterlassen, sahen sie sich das vordere und nicht so stark verschmutzte Nummernschild an und schrieben die Nummer auf. Sie gingen zu ihrem Wagen, riefen Köstel an und berichteten. Nun hieß es warten und keine Fehler machen.

„Die dürfen uns auf keinen Fall durch die Lappen gehen."

Kapitel -35-

Am gleichen Tage in Westerland auf Sylt und in Verden an der Aller. Der einwandfreien und gut funktionierenden Kommunikation ist es bis zu diesem Zeitpunkt zu verdanken, dass die Nerven bei allen den Umständen entsprechend im Zaum gehalten wurden. So waren immer alle Beteiligten auf den neuesten Stand der Ermittelungen. Helmut Weishaus suchte gleich am frühen Morgen das Gespräch mit seiner Hausbank. In diesem Gespräch erkundigte er sich danach, ob für bevorstehende Auszahlungen Sorge getragen wurde. Es war schon frustrierend, nicht mehr tun zu können. Aber auch er bekam seine Nerven immer besser in den Griff. Silke wiederum suchte ihr Heil in der Arbeit. Stress konnte sie abbauen, wenn nach Feierabend Klaus und Jens ihr die Möglichkeit gaben, mit Meteor auszureiten. Am Abend führte sie dann noch Gespräche mit ihrem Vater und auch mit dem Opa und mit Marcus. Sie war eben ein Mädchen und brauchte das. Es war schon gegen zweiundzwanzig Uhr, als ihr Handy klingelte, in der Annahme, es ist ihr Vater, nahm sie ihr Handy und meldete sich. Dann hörte sie wieder die Stimme.

„Haben sie das Geld? Wir melden uns morgen." Danach legte der Anrufer sofort wieder auf. Zur gleichen Zeit in der Villa. Oma Weishaus hatte für die dort Anwesenden noch eine kleine Stärkung zubereitet und wurde gerade von den Herren für ihre Kochkünste gelobt, als Köstels Handy läutete. Er meldete sich und Kommissar Müller berichtete vom neuerlichen Anruf der Entführer.

„Ein Risiko können und wollen wir nicht eingehen", sagte der Fuchs, Silke muss aber darauf bestehen, von ihrer Mutter ein aktuelles Lebenszeichen zu bekommen. Selbst wenn die auf sie zu kommende Geldübergabe fingiert ist und ablenken soll, wir müssen darauf eingehen. Also machen wir unsere Hausaufgaben."

Kapitel -36-

Nach gut zwei Stunden, es war dreiundzwanzig Uhr fünfundfünfzig, verließen Baumann und das Pärchen wieder das Haus und gingen zu ihren Fahrzeugen. Die Kriminalbeamtin stieß ihren fasst eingeschlafenen Kollegen an. Während sie noch einen Schluck aus der Thermosflasche nahm, setzte sich bereits der dreißig Meter vor ihnen stehende Mercedes in Bewegung. Im gebührenden Abstand nahmen sie die Verfolgung auf. Es war verdammt schwer, sie in der Innenstadt nicht zu verlieren.

„Oh Gott“, sagte der junge Beamte“. Wenn die merken, dass wir sie verfolgen und dann schneller fahren, haben wir alleine keine Chance mehr, ihnen zu folgen. Gut, dass sie sich ihrer Sache so sicher sind. Nach einigen Minuten hatten sie den Stadtkern verlassen und ein riesiges Gebiet mit Hochhäusern tat sich vor ihnen auf.

„Hier findest du keinen Menschen wieder“, sagte sie zu ihrem Kollegen und der nickte nur mit dem Kopf. Sagte dann aber zu ihr:

„Melde dem Köstel, wo wir sind.“

Es kann sein, dass wir später keinen Empfang mehr haben. Wenn die in eine Tiefgarage fahren, fahre ich direkt hinterher. Hier kennt sowieso keiner den anderen und im Fahrstuhl drücken wir einfach zwei Etagen höher.“ Die Kriminalbeamtin meldete sich und berichtigte dem Fuchs, was sie für ein Problem haben und wie sie es lösen möchten. Köstel war mit dem Vorgehen einverstanden, mahnte aber äußerste Vorsicht an. Nach etwa sechshundert Metern zeigten die vor ihnen fahrenden an, dass sie rechts abbiegen wollen. Tatsächlich, sie wollten in die Tiefgarage eines zwölf Stockwerke großen Hauses. Frech stellten sich die Verfolger dahinter. Sie wussten, dass sie im Rückspiegel beobachtet werden und spielten ein nicht mehr abwarten könnendes Liebespaar. Zum Glück kam nach ihnen noch ein weiterer

Wagen, der in die Garage wollte. Leere Stell-
plätze waren reichlich vorhanden. Man musste
den Eindruck gewinnen, hier gibt es noch einige
leer stehende Wohnungen. Geschickt haben es
die Verfolger angestellt, dass das Entführerpär-
chen vor ihnen ging und die verschlossene Tür
zum Hause öffnete. Im Fahrstuhl standen nun
beide Paare nebeneinander. Die Entführer drückten die Acht, die Kriminalbeamtin die Neun und
er drückte die Sieben. Schweigend standen sich
die Pärchen gegenüber. Sie spielte immer noch
die nicht mehr abwarten könnende Frau. Als der
Fahrstuhl auf sieben hielt, stieg er aus und sagte
„In spätestens zehn Minuten bin ich oben" und
gab ihr einen Kuss.
Dann kam die achte Etage. Beim Verlassen des
Fahrstuhls sagte Irena.
   „Dann Frau, wünsche ich viele Spaß."
In der Zwischenzeit war der Kollege die Treppen
hinauf geeilt und stellte sich so, dass er vom
Fahrstuhl aus nicht gesehen werden konnte. Nun
konnte er genau vernehmen, in welche Wohnung
dieses Paar gegangen war. Auf leisen Sohlen
schlich er sich zur Tür und las, „Irena Czerkova".
Die Verfolger hatten ihr Ziel erreicht. Sie gingen
wieder in die siebte Etage und von dort fuhren
sie in die Tiefgarage. Zum Glück waren die zur

Tiefgarage führenden Türen von innen nicht verschlossen. Sie setzten sich in ihren Wagen und beide mussten einmal tief Luft holen.

„Das wäre geschafft", sagte er, nahm ihre Hand und beide drückten fest die Hand des anderen. Sie glühte noch immer vor Erregung. Dann er zu ihr

„Kannst du jetzt auch so sein wie im Fahrstuhl?"

Denn diese Anmache hatte Wirkung hinterlassen. Sie öffnete ihre Bluse.

„Komm, probieren wir es aus, mit dem Passat variant haben wir doch das ideale Auto."

Jetzt erlebten beide die wildesten zwei Stunden ihres jungen Lebens. Ein Vorspiel brauchten sie nicht, das hatten sie vorher im Auto und vor allem, im Fahrstuhl. Nachdem sie sich wieder ihrer Pflichten besannen, verließen sie die Tiefgarage und telefonierten mit Köstel. Dieser war des langen Wartens wegen, ziemlich verärgert. Dass sie es vorgezogen haben, den Sex ihres Lebens zu genießen, wusste er ja nicht. Als Köstel dann hörte, welchen Erfolg die beiden hatten, war er wieder versöhnlicher gestimmt. Das Paar brachte dann aber auch zum Ausdruck, dass sie immer wieder den Eindruck hatten, dieses Pärchen sei sich so unverschämt sicher, oder habe eventuell gar nichts mit der Sache zu tun. Vom Letzteren wollte der Fuchs nichts wissen. Im Inneren sagte er sich, wer zweifelt, macht Fehler. Er war nach wie vor davon überzeugt, dass die Entführte in dieser Wohnung, wie auch immer, festgehalten werde.

„Folgenden Plan habe ich mir ausgedacht", sagte Köstel. Weil ich die ganze Bande haben will, müssen wir sie überführen. Wie schon bei den vorhergehenden Recherchen, es wird nur das gemacht, was der Entführten nicht schadet. Für alle infrage kommenden Wohnungen stehen Kräfte bereit, um sie gewaltsam zu öffnen. So werden wir vorgehen. Ab acht Uhr steht vor dem Nachbarhaus, um nicht aufzufallen, ein Krankenwagen mit Notarzt. Zwei Kollegen beobachten die Wohnung, zwei Kollegen stehen mit einem Fahrzeug in der Tiefgarage und nehmen sofort die Verfolgung auf, wenn das Paar oder ein Einzelner das Haus verlässt. Würde die Wohnung verlassen, verschaffen sich die zwei Kollegen mithilfe des Hausmeisters, Einlass in die Wohnung und befreien die Entführte. Mit Sicherheit werden sie noch vor dem Verlassen der Wohnung ein Lösegeld verlangen. Auf diese Forderungen gehen wir ein und mithilfe der beiden Chips werden wir sie stellen. Einen Chip platzieren wir zwischen den Geldscheinen und einen Chip werden wir dem Baumann bei der Verkabelung ganz unauffällig in die Brusttasche stecken. Der Vorteil besteht darin, wir brauchen

114

ihm nicht zu folgen und er wiegt sich in noch größerer Sicherheit. Sollte die Entführte tatsächlich an einem anderen Ort sein, werden uns die Chips helfen, das hoffe ich wenigstens. Ein kleines Risiko wird uns immer bleiben."

Kapitel -37-

Am Horizont konnte man sehen, wie sich die Sonne ihren Weg bahnte, es wurde hell. Mit dem neuen Tag erwachte auch wieder die Natur. Die Vögel zwitscherten und erfreuten sich ihres Daseins. Auf den Wiesen legte sich der morgendliche Tau. Es sollte auch heute wieder ein schöner Tag werden. Auf dem Laber Hof waren alle mit den morgendlichen Arbeiten beschäftigt. Als Elke Laber zum Frühstück rief, antwortete ihr Klaus aus den Stallungen.

„Ja wir kommen, einen Moment noch." Einige Minuten später saßen alle am Frühstückstisch, sagten

„Guten Morgen" und wünschten sich einen guten Appetit.

Der Radiosprecher unterbrach die Musik und sagte, die Zeit, es ist jetzt acht Uhr dreißig. Hauptkommissar Müller beobachtete Silke. Er sah, wie sie unter diesem Stress leiden musste.

„Silke", sagte er „Wenn heute der Anruf kommt und die Person wieder nach dem Geld fragt, bestehen sie darauf, von ihrer Mutter ein aktuelles Lebenszeichen zu bekommen. Sind sie tapfer, wir können es nur gemeinsam durchstehen.

Kapitel -38-

Und in Westerland? Auch hier bahnte sich zur Freude aller, ein schöner Sommertag seinen Weg. Helmut Weishaus, der schon seit sechs Uhr auf den Beinen war, genoss trotzdem den Sonnenschein. In seinem Inneren sagte er sich, gut, dass es in so einer Situation, nicht auch noch regnet und stürmt. Der für die Fangschaltung verantwortliche Kriminalbeamte, er hatte schon einige solcher Einsätze hinter sich, kannte das Verhalten der Betroffenen.

„Wenn heute ein Anruf von den Entführern kommt, versuchen sie das Gespräch so lange wie möglich aufrecht zu halten. Einmal müssen wir sie doch kriegen.

Weishaus lächelte und dachte, dein Wort in Gottes Ohr. Er ging und richtete für sie beide das Frühstück. Acht Uhr dreißig war es, als er auf seine Uhr schaute. Mit einem gegenseitigen „Guten Appetit" wollten es sich die beiden gerade gut schmecken lassen, als es läutete. Weishaus ging und öffnete die Tür.

„Hallo und guten Morgen", sagte Hauptkommissar Groß.

„Darf ich eintreten?"

„Ja kommen sie treten Sie ein und Frühstücken sie mit uns."

Groß bedankte sich und setzte sich mit an den Tisch. Auf die Frage, ob er etwas Neues zu berichten habe, sagte er:

„Ja, in der Nacht hat sich so einiges getan. Durch die Anweisung, ihren Schwager zu beschatten, hat sich unser Kenntnisstand erheblich erweitert. Durch Baumann sind wir auf das Pärchen gestoßen, dass ihre Frau am Strand als Nachbarn hatte. Natürlich wird jetzt auch dieses Paar beschattet. Es hat uns auch zu ihrer Wohnung geführt. Köstel ist davon überzeugt, dass auch dort ihre Frau festgehalten wird. Er rechnet damit, dass sie ihrem Vater heute die Lösegeldforderung stellen werden, auf die wir dann auch eingehen. Von nun an sind ihre Chips im Einsatz. Köstel will die ganze Bande haben. Um sie dingfest zu machen, müssen wir sie aber überführen."

Es läutete das Telefon. Weishaus nahm den Hörer ab.

„Ja Weishaus hier."

„Hören sie, keine Polizei sonst Frau tot, drei Millionen Euro, ihr Vater muss in zwei Stunden von Bank holen. Wir uns dann melden. Frau geht noch gut."

„Geben sie mir ein Zeichen von meiner Frau und noch eines, mein Vater kann nicht kommen, er ist schwer krank. Ich schicke ihnen den Bruder meiner Frau."

„Gut, dann Bruder."

118

Noch einmal konnte er nach einem Lebenszeichen nicht mehr fragen, der Anrufer hatte aufgelegt. Auf Hochtouren wurde nun daran gearbeitet festzustellen, woher der Anruf kam. Nach drei Minuten meldete sich das Amt und gab an, dass der Anruf bis Hamm zurück zu verfolgen sei. Das Gespräch kam von einem Handy und könne nicht weiter verfolgt werden. Groß nahm sofort sein Telefon, setzte sich mit Köstel in Verbindung und berichtete über das soeben geschehene.

Kapitel -39-

Nun war es so weit, Köstel ordnete an, dass sich jeder auf seinen Platz zu begeben hätte. Alles müsse jetzt reibungslos funktionieren. Fehler sollten vermieden werden. Es bestand immer noch die Gefahr, dass die Entführte nicht in dieser Wohnung festgehalten wird. Wäre das der Fall, bestände Lebensgefahr. Der erste Versuch, mit Baumann zu sprechen scheiterte, seine Leitung war besetzt. Mit dem zweiten Versuch klappte es. Nach zwanzig Minuten stand Baumann dann vor dem Tor und bat um Einlass. Auf seine Frage, was er den zu machen habe, antwortete der Fuchs mit der Gegenfrage.

„Trauen sie es sich zu, das Lösegeld zu überbringen? Wie sie ja wissen, ist der Senior erkrankt."

Baumann machte eine Geste, als müsse er es genau abwägen. Dann fragte er.

„Was haben sie denn zu meiner Sicherheit vorgesehen?"

Köstel wies auch noch darauf hin, dass es tatsächlich gefährlich werden könnte. Schließlich wisse man noch nicht, mit wem man es zu tun habe. Nachdem Baumann zugestimmt hatte, machten sich zwei Spezialisten daran, ihn zu verkabeln. Bei dieser Gelegenheit wurde auch der

Chip so angebracht, dass man ihn auch bei einer Totaluntersuchung nicht gefunden hätte.

„Schauen sie", sagte der Fuchs, hier in der Innenseite dieser Tasche haben wir einen kleinen Sender angebracht. Der wird uns immer sagen, wo das Geld ist. Wie sie sehen, wir haben ein Höchstmaß an Sicherheit für sie. Fahren sie jetzt zur Bank, sie sind avisiert. Damit sie sehen, dass wir sie nicht durch irgendwelche Tricks in Gefahr bringen, wird man ihnen das Geld in ihrem Beisein in die Tasche packen."

Baumann nahm die Tasche und fuhr zur Bank. Alles wurde so gemacht, wie vorher gesagt. Auch wie von den Entführern verlangt, weit und breit, es war keine Polizei zu sehen. Mit der Tasche und dem Geld ging er nun vor der Bank auf und ab. Wie es weitergehen sollte, wusste er ja.

Kapitel -40-

Acht Uhr fünfzehn, vor dem Hochhaus. Wie angeordnet, alle waren einsatzbereit. In der Tiefgarage, drei Plätze neben dem verschmutzten Mercedes, standen zwei Kriminalbeamte mit ihrem Wagen. Die Motorhaube hatten sie hochgestellt, um nicht aufzufallen, wenn dieses Pärchen kommt. Der Krankenwagen stand vor dem Nachbarhaus. In der achten Etage, bewaffnet mit Eimer, Besen, Wischer und mit sonstigem Handwerkszeug, waren zwei als Putzfrau verkleidete Kriminalbeamtinnen und warteten auf ihren Einsatz. So gegen neun Uhr fünfundvierzig, die Putzfrauen hörten, wie die Tür von innen aufgeschlossen wurde. Sofort machten sie sich an die Arbeit. Die Tür öffnete sich und das Pärchen verließ die Wohnung. Sie waren man eben fünf Meter gegangen, als er noch einmal zurückging und kräftig an der Tür rüttelte, sie war zu. Die eine Kriminalbeamtin fuhr dann mit dem nächsten Fahrstuhl hinunter, legte dem Hausmeister den Durchsuchungsbeschluss vor und nahm ihn mit nach oben. Das Pärchen hingegen hatte inzwischen die Tiefgarage erreicht, sie setzten sich in ihren Wagen und verließen die Tiefgarage. Die zwei Kriminalbeamten mit ihrem Wagen nahmen die Verfolgung auf. Köstel wurde vom augenblicklichen Stand unterrichtet und gab die Anweisung, die Wohnung sofort zu öffnen.

Kapitel -41-

Bis in den Haarspitzen waren sie alle angespannt. Der Hausmeister kam und öffnete die Wohnungstür. Es war still, man hörte nichts. Die Krankenwagenbesatzung wurde ebenfalls zum Einsatzort gerufen. Nun durchsuchte man die Wohnung. Die Küche, leer. Das Wohnzimmer, keine Möbel, nur eine ein Meter fünfzig breite Matratze. Nun wollte man ins vermeintliche Schalzimmer. Die Tür war verschlossen. Die Beamtin rief den Hausmeister herbei, er sollte die Tür öffnen. Was die Beamtinnen dann sahen, erschreckte sie. Frau Weishaus, zusammengekauert gefesselt an Händen und Füßen, den Mund mit einem Klebestreifen verschlossen, lag regungslos auf dem Boden. Sie hatte noch vorher eine Spritze bekommen. Der Notarzt kam und untersuchte sie. Sein Kollege sah sich um und entdeckte eine leere Ampulle, die er dem Arzt zeigte. Der Notarzt wusste nun, was gespritzt wurde, und leitete gleich die Gegenmaßnahmen ein. Schnellstmöglich brachte man sie in den Rettungswagen, um sie auch mit Sauerstoff versorgen zu können. Nach Ansicht des Arztes bestand akute Lebensgefahr. Er orderte den Hubschrauber und ließ sie nach Bochum in eine Spezialklinik bringen. Die Kriminalbeamtinnen berichteten nun dem Fuchs, wie die Wohnung geöffnet wurde und in welchem Zustand man Frau Weishaus gefunden habe. Da sie in Lebensgefahr schwebe, ist der Notarzt im Hubschrauber mit geflogen. Mehr können sie im Augenblick nicht berichten. Köstel gab den beiden die Anweisung, am Ort des Geschehens zu bleiben und auf die Spurensicherung zu warten. Im Hause Weishaus hatte nun jeder dort Anwesende mitbekommen, dass man Frau Weishaus befreit habe und dass sie auf dem Wege ins Krankenhaus ist. Vater Weishaus rief sofort seinen Sohn an und berichtete über das Geschehene. Helmut Weishaus war überglücklich, vor Freude umarmte er den Kommissar, der gerade gekommen war. Mit der nächsten Möglichkeit flog er nach Dortmund, um sich dann ins Krankenhaus zu begeben.

Kapitel -42-

Bei der Familie Laber hingegen saß man wie auf heißen Kohlen. Jeden Augenblick müssten doch die Entführer anrufen. Der Siedepunkt war erreicht. Endlich, das Telefon läutete, alle standen wie versteinert. Für Sekunden konnte sich niemand rühren. Klaus fasste sich als Erster ein Herz und nahm den Hörer ab.

„Hallo, Klaus Laber, was kann ich für sie tun?"

„Hier ist Hauptkommissar Köstel. Frau Weishaus ist befreit. Bitte geben sie mir Silke."
Klaus machte einen Luftsprung, gab Silke den Hörer und rief nur immer frei, sie ist frei. Silke nahm den Hörer, ihre Hände zitterten, sie konnte ihn kaum halten. Dann sagte sie.

„Ja Silke Weishaus hier."
Köstel, „Silke wir haben ihre Mutter befreit. Sprechen können sie mit ihr noch nicht. Sie liegt im Krankenhaus. Aber kommen sie so schnell es geht." Sie sagte nur noch.

„Ja danke" und gab den Hörer an Hauptkommissar Müller, der natürlich auch Köstel sprechen wollte, weiter. Jetzt konnte sie ihre Freudentränen nicht mehr halten. Über seine Dienststelle in Bremen sorgte Müller nun dafür, dass Silke noch am Nachmittag mit einer Privatmaschine nach Dortmund fliegen konnte. Klaus ließ es sich nicht nehmen, er brachte sie nach Bremen zum

126

Flughafen. Dort angekommen wurde sie schon erwartet. Mit einem herzhaften Kuss verabschiedeten sie sich. Klaus fragte noch.

„Sehen wir uns wieder?"

Silke musste weiter, die Polizeibeamtin drängte. Dass Silke

„Ja bald" gesagt hat, konnte Klaus schon gar nicht mehr hören.

Kapitel -43-

Knapp fünf Minuten wartete Baumann vor der Bank. Sein Extra für diese Entführung gekauftes Handy zeigte ein Gespräch an. Er meldete sich und bekam vom Chef der Bande die Anweisung, auf der B1 in Richtung Unna zu fahren. Zwischen Brackel und Sölde bekäme er weitere Anweisungen. Jetzt zeigte der Chip, was er kann. Dipl.-Ing. Herbst, der Leiter der Entwickelungsabteilung, informierte Köstel nun ständig vom Firmencomputer aus, wo sich der Chip gerade befindet. Die vor dem Haus in der Nähe der Bar postierten Kriminalbeamten beobachteten, wie gegen zehn Uhr fünfundvierzig der gut gekleidete, vollbärtige Herr und sein Bodyguard das Haus verließen, ein Taxi kam vorgefahren und die beiden stiegen ein. Sie folgten dem Taxi. Nur einige Straßen weiter blieb das Taxi stehen und die beiden stiegen wieder aus. Aus einer kleinen Nebenstraße kam der Mercedes mit den verschmutzten Nummerschildern, die beiden stiegen ein und der Wagen, gefolgt von den Kriminalbeamten, setzte sich wieder in Bewegung. Auch sie fuhren zur B1 in Richtung Unna. Der Verkehr hatte sich sehr stark verdichtet. Plötzlich zeigte Baumanns Handy wieder ein Gespräch an. Der Chef fragte nach, wo er sich gerade befindet? Baumann sagte, von der Abfahrt Brackel sei er noch etwa eineinhalb Kilometer entfernt. Der Chef der Bande stellte fest, dass Baumann höchstens einhundert bis einhundertfünfzig Meter vor ihnen sein müsste. Er gab daher die Anweisung, in Brackel die B1 zu verlassen und dann über Asseln nach Unna zu fahren. Beide Fahrzeuge verließen nun die B1. Nach ca. einem Kilometer hatte der Mercedes Baumann eingeholt. Köstel, der in der Zwischenzeit, alle verfügbaren Kräfte zusammengezogen hatte, sah nun den Zeitpunkt gekommen, die Bande festzunehmen. Zu dem verfolgenden Wagen gesellte sich noch ein Zweiter. In einer kleine Seitenstraße, vor der Ortseinfahrt Asseln, hatte Köstel ein ansehnliches Polizeiaufgebot stehen, dass auf die Ankunft der Gangster wartete. Nun machte aber der an alles denkender Boss der Bande, den Fehler seines Lebens. Zwischen den Ortschaften war ein einige Hektar großes Waldstück. Ein kleiner Weg führte dort hinein. Mit dem Blinker zeigte der Mercedes an, dass Baumann dort hineinfahren sollte. Die verfolgenden Kriminalbeamten bemerkten das und blieben geschützt in einer Einbuchtung stehen.

Kapitel -44-

An einer Stelle, wo sonst die Forstarbeiter ihre Fahrzeuge abstellten, blieben sie stehen. Der Boss und sein Bodyguard stiegen aus und gingen hinüber zu Baumann, um die Tasche mit dem Geld zu übernehmen. Moment sagte dieser! Erst bekomme ich noch meinen Anteil. Der Bodyguard lächelte, „Pass mal auf Junge, Dein Anteil, das sind die Spielschulden, die du bei uns hast. Die sind hiermit getilgt. Baumann wollte noch zu seiner Waffe greifen, zu spät, der Bodyguard war schneller. Irenas Begleiter hatte als Krankenpfleger in diesem Team eine Nebenrolle. Während der Entführung war er für die medizinische Seite zuständig. Das Geschehen um Baumann ließ in ihm aber die Überzeugung reifen, zu einem späteren Zeitpunkt werde er nicht mehr an seinen Anteil kommen. Er glaubte auch, klüger zu sein. Während man sich mit Baumann beschäftigte, stieg er aus und richtete seine Waffe auf den Boss. Den Bodyguard zwang er, die Waffe fallen zu lassen. Danach holte er aus seiner Jackentasche einen Aldibeutel, gab diesen dem Boss und sagte.

„Die Hälfte, einundeinhalb Mille und dann trennen wir uns für immer."

Die Trennung kam, als Geliebte vom Boss erschoss Irena den Krankenpfleger von hinten. Sofort liefen sie zu ihrem Wagen und wendeten so schnell es ging. Anschließend sollte es auf dem kürzesten Wege über Asseln zum Flughafen und zu der dort bereitstehenden Maschine gehen. Die beiden Polizeifahrzeuge folgten den Entführern. Der leitende Polizeibeamte sah das Fahrzeug, wie es sich ihnen näherte. Bis auf fünfzig Meter ließ er sie herankommen, dann gab er den Befehl die Straße zu schließen. Zwei gepanzerte Fahrzeuge stellten sich quer über die Straße. Mit einer Vollbremsung, die Handbremse angezogen und das Lenkrad herumgerissen, wollte der Bodyguard noch entgegengesetzt zur Flucht ansetzen. Es half ihnen nichts mehr. Als sie den Wagen gewendet hatten, standen die zwei Verfolger vor ihnen. Mit vorgehaltenen Schnellfeuer Gewehren holte die Polizei die Entführer und jetzt auch Mörder aus dem Fahrzeug. Das Geld wurde sichergestellt und Köstel bekam die Meldung des Vollzugs.

Kapitel -45-

Zwölf Uhr, der Rettungshubschrauber landete auf dem Dach der Spezialklinik. Von den Notfallärzten des Krankenhauses wurde die Entführte sofort in Empfang genommen und zur Intensivstation gebracht. Der Notarzt des Krankentransports berichtete nun dem Oberarzt des Krankenhauses, welche Maßnahmen er nach dem Auffinden der Entführten eingeleitet habe. Anschließend verließen der Hubschrauber und der Notarzt wieder das Krankenhaus. Frau Weishaus wurde genau untersucht und bekam die erforderlichen Infusionen. Nachdem auch die Blutwerte vorlagen und man alles Übersehen konnte war man davon überzeugt, dass sie das Krankenhaus nach einigen Tagen wieder verlassen könne. Diese Diagnose wurde auch dem Senior auf Anfrage mitgeteilt. Am späten Nachmittag, so gegen siebzehn Uhr, landete Helmut Weishaus, aus Sylt kommend auf dem Dortmunder Flughafen. Silke, aus Bremen, landete zwanzig Minuten später. Beide nahmen sich ein Taxi. Der Berufsverkehr und die verstopften Straßen wollten es, dass beide nahezu zur gleichen Zeit zu Hause ankamen. Sie sahen und umarmten sich. Etwas sagen, konnte so recht keiner. Sie waren sich nur darüber einig, ein Taxi zu nehmen, um so schnell wie möglich nach Bochum zu fahren.

Petra Weishaus war inzwischen aufgewacht und hatte einen mächtigen Durst. Die Schwester brachte ihr etwas zu trinken und sagte.

„Der Oberarzt kommt auch gleich zu ihnen."

„Wo bin ich denn hier? Fragte sie" und die Schwester sagte:

„In der Ruhrklinik in Bochum." Der Oberarzt kam und begrüßte Frau Weishaus:

„Ich freue mich, dass sie alles gut überstanden haben. Übrigens, ich bin Dr. Heilemann, der Oberarzt. Wir bringen sie gleich auf ihr Zimmer."

Der Pfleger brachte sie hinauf in die vierte Etage. Zum Abend und für die Nacht hatte man ihr eine leichte Kost gebracht. Ein paar Minuten waren vergangen. Leise klopfte jemand an ihrer Tür.

„Ja bitte", sagte sie.

Die Tür ging auf und die Familie stand in ihrem Krankenzimmer. Jeder brachte ihr einen Blumenstrauß und drückte und küsste sich. Alle fragten, wie geht es dir? Die Freude, sich wieder zu sehen, war mit keinem Wort zu beschreiben.

Kapitel -46-

Am anderen Morgen, die Familie hatte gerade gefrühstückt, da läutete es. Marcus öffnete die Tür und vor ihm stand Hauptkommissar Köstel.

„Bitte treten sie ein", sagte er und führte den Kommissar in den Salon. Helmut Weishaus kam hinzu. Auf die Frage, ob er etwas trinken wolle, sagte er spontan.

„Ja, einen Kaffee. Wie geht es ihrer Frau und hat sie alles gut überstanden?"

Nachdem Weishaus dem Kommissar erläuterte, was ihm die Ärzte im Krankenhaus gesagt hatten, hob Köstel den Koffer in die Höhe und sagte.

„Hier ist das Geld, auf Heller und Pfennig. Die ganze Bande haben wir vor Asseln erwischt, leider hat es auch Tote gegeben. Nicht durch uns, das haben die selbst gemacht. Von dem Pärchen, das sie als Korbnachbarn hatten, wurde er, der von Beruf Krankenpfleger war, erschossen und leider auch Baumann, ihr Schwager. Wahrscheinlich wohl, als sie ihren Anteil haben wollten. Ihr Schwager wollte mit dieser Entführung Spielschulden begleichen. Herr Weishaus, „Danke für den Kaffee! Ihrer Frau wünschen sie von mir gute Besserung und alles Gute für die Zukunft."

„Herr Köstel, wir sagen Ihnen und ihrem Team von ganzem Herzen tausendmal danke, danke, danke."

ENDE

FSC
www.fsc.org

MIX

Papier | Fördert
gute Waldnutzung

FSC® C083411

Zeitfracht Medien GmbH
Ferdinand-Jühlke-Straße 7
99095 Erfurt, Deutschland
produktsicherheit@kolibri360.de